阿丁 —— 著

厌作人间语

作家出版社

姑妄言之姑听之，豆棚瓜架雨如丝。

料应厌作人间语，爱听秋坟鬼唱诗。

——清·王士祯《题聊斋志异》

目录

厌作人间语

傍晚，在老地方发呆。不知何时，一个老头出现在另一半长椅上。

老头手里一把折扇，扇面上五个隶变体墨字：

厌作人间语

"你不知道吧，我是个死过一回的人。"

他撩起汗衫，胸骨处有个纵向的伤疤。以我手为尺，得有一拃半。"心脏的毛病，开了胸，手术做了大半天，刚送回病房就没气儿了。"

"那您——"

"又活了是吧。"老头揸着五指，手腕外旋又内扣。明白了，这手势意指阴阳两界的往返。"就电影里头那个，那叫啥玩意儿来着（除颤器，我说），嗯，是这名儿，一对儿，摁我胸口上，一按电钮，腾腾地，我就往起蹦——我儿子说爸你打床上弹起来好几回都没动静，脸都死人色儿了。眼睁睁没救了，大夫都放弃了，喊我儿子到医办室签字。完事儿正要推太平间呢，你猜怎么着——"

"您缓醒过来了？"

"是啊是啊，停止抢救得有半个多钟头了吧，我这老心老肺居然又开始工作了。后来闺女跟我说，护士进来收拾，刚要拔插头，发觉我的心电图又开始蹦跶了。也多亏了医院黑，你不是下诊断说我都死透了吗？监护仪就不撤，多开一分钟就多收一分钟的钱。也亏了没撤，总之算是我命不该绝吧，又活过来了。"

"大难不死，必有后福，您老命大，阎王爷不收您。"

"嘿，还真让你说中了，说了归齐还真不是命大，"老头弹嗽一声，头凑过来，压着嗓子说，"你信不，我还真到阴曹地府溜达了一圈儿，这话我跟谁说谁都说我神经病，没辙，你要是信我就跟你念叨念叨，要是不信我就——"

"信，您犯得着骗我吗，您说是吧？您老给讲讲吧，想听。"

"得，有你这句话我就没什么顾忌的了。你这人还不错，现如今没几个人爱跟我们老家伙唠嗑了，嫌烦。"老头说着说着停了，直瞄我手里的烟盒，"你这外国烟啊，没见过，挺贵的吧。"

"韩国的，便宜。您，要不来一颗？不是舍不得，是怕您——"

"来一颗。"老头直接把烟盒拿过去，抽出一支，我给他点上。"你是担心我动过大手术是吧？没事儿，我心里有底，阎王爷亲口告诉我了，还有十年阳寿呢，生死簿里我那页都亲眼瞧了，白纸黑字，别说你这烟，抽大烟都没事儿——话说你这烟，劲儿可不大——"

"嗯，劲儿小，尼古丁焦油含量都低。"

"咱接着说。那天还真有俩小鬼儿把我魂儿勾了去，我都飘起来了，扭头一看，身子还躺床上呢，插了满身管子。后来忽忽悠悠地，就觉着钻进了个筒子似的东西。那叫什么来着，年轻人都知道的那玩意儿，对对对，时光隧道，还带色儿的呢，脑瓜顶、脚底下，跟彩虹似的，根本就不像聊斋里说的黑漆麻乌的，那叫一个漂亮。话说俩小鬼儿夹着我胳肢窝，嗖嗖地飞，说话就到了。阎王殿也跟书里写的不一样，不是那么阴森森的，亮堂着呢。俩小鬼把我扔地上，就列立两厢。跟你说吧，打小我就胆儿大，不怯官不怯场，我支着身子四下打量，阎王坐正中，身子前头烟雾缭绕，跟舞台上放的白烟似的，看不真着。旁边的判官小鬼儿牛头马面倒瞅得挺清楚的，模样是戏里的模样，穿戴却都是现代的，款式像是那种中华立领。数小鬼儿最有意思，穿的跟迷彩服似的。判官是一身灰不拉叽的中山装，瞅着挺严肃，跟机关干部似的。这时候，牛头马面过来把我提溜起来，押我到一整面墙那么大的玻璃前让我看，可把我吓得不轻，这回书里说的还都是真的，刀山火海下油锅、拔舌地狱什么的，全有。还有个叫牛坑地狱的，凡是上辈子杀牛宰羊、残害牲口的，这会儿全在坑里嗷嗷叫唤，不像人声。有个胖子我还认识，他活着的时候我老买他的牛羊肉。坑里有猪牛羊狗骡马驴，还有鹿，都撒着欢儿蹦跶，不踩成肉泥不算完。看差不多了，又把我提溜回来，饶是我胆大也瘫地上了。这时候阎王爷开口了，说话嗡嗡的，跟埙发出来的声似的，倒还能听清。反正是历数我干过的不好的事呗。你这岁数应该没赶上，我那会儿比你现在年轻，一号召就干呗，热火朝天的，谁他妈知道过了些年就成坏事了啊。刚要争辩，就见阎王爷的大手打雾里伸出来一挥，我嘴就张不开了，跟拿 502 胶粘住了一样。他说我阳寿尽了，下辈子罚我当羊，吃一辈子草，养肥了就宰杀，千刀万剐片成片儿让人涮着吃。小鬼儿们就抬个架子过来，搭着一摞一摞毛皮，猪啊羊啊狼啊狗啊穿山甲，啥品种都有。我心想，嗬，阎王爷这是要开皮草行啊。我是又好奇又怕，只听他一声令下，就从队列里蹦出仨小鬼儿，俩反拧我肩膀，一个扯下张羊皮就往我肩上搭，刚搭上个边儿，判官捧着本大册子说话了：'回禀大王，卑职查了他的档案，发现他多年前曾救过一个小童，有活人之德，按我冥律可抵罪。'我一听就乐了，还真有这么回子事。好像就是'批林批孔'那年夏天，我跟我发小儿去玉渊潭游泳，刚下水，见有个小人儿扑腾，眼看要沉底儿了，就一把扯上了岸。孩子不大，约莫五六岁，轻，凑巧就在我眼皮底下，实话说也没费什么劲儿。我给他拍了背，抠了抠嗓子眼，那孩子吐了几口水，也就没事了，说了个'谢谢叔叔'就走了。判官要是不说我还真没想起来。刚要下水游泳，我那发小就骂我缺心眼：'你他妈傻呀，也不问问那孩子家哪儿的，让他家大人给你写个表扬信、送个锦旗伍的，你丫不就成英雄了吗？得，过这村没这店了。'我一想也是，想穿衣服追，可哪儿找去啊，那孩子早没影儿了。当时懊悔得我哟，甭提了。可你还别说，谁知道什么时候哪块云彩下雨呀，你瞧我都到阴曹地府了结果判官把这码事翻出来了，要不我这会儿都他妈羊肉片了，指不定被谁涮着吃呢。唉，话说回来人这辈子还真得多行善事，你可以不求回报，可说不定哪天、在哪件事儿上就回报了你。这不，我就是个活生生的例子——闲言少叙，咱接着说。阎王爷接过档案，瞧我那页，核实无误之后，就吩咐小鬼儿放了我。结果您猜怎么着——羊皮都搭我肩膀上了，就那么一不大点儿的工夫，长一块儿了，一个小鬼儿根本就扯不动，四五个一起上，数着一二三猛一使劲——'刺啦'一下子，疼得我哟，那罪可真不是人受的，不过疼就疼吧，总比变羊好吧你说。你瞧瞧，就左肩膀这儿，你摸摸，是不是跟老羊皮似的？"

"嗯……还真是。"

"羊皮扯下来，判官和阎王爷又训斥我一顿，跟在阳间的单位领导训人也没什么两样，反正就是让我从今往后好好做人，别为非作歹，你说我一老百姓能干出什么坏事来呀，随大溜儿呗。可我知道这会儿不是我说嘴的时候，阳间阴间一样，你可别轻易插嘴，更别跟领导抬杠，你就不停点头，嗯啊对是，人家说什么咱听什么。于是乎，没料想还有一桩意外之喜，鉴于我救过那小孩，阎王爷恩典，额外赐我十年阳寿。我心想这回可赚了，正美着，小鬼儿猛地推我一把，一脚踩空，眼前一黑，紧接着就没知觉了。再醒过来还在医院躺着，根本没动窝，心电图又开始蹦跶了。你说我这命——"

"大爷，对不住，打断您一下，"我说，"您好好瞧瞧，还能认出我来不。"

"你是——"老者上下左右打量我，"我们认识？"

"就没觉得眼熟？您再好好瞧瞧。"

"这么一说……还真有点儿眼熟，莫非是……在哪儿见过？"

"您想不起来也不意外，都三十多年了，换谁谁也认不出来。"

"莫非你是——"

"是啊，我就是七四年被您在玉渊潭救的那个小孩。"

"啊？不会吧，天底下还有这么巧的事？"

"可不是嘛，还真是奇了，不过比起您这奇遇，咱爷俩重逢也不算什么了吧，您说是不？"

"还真是……你都这么大了，嗨，我也是老糊涂了，这都小四十年了——"

"大爷，我得先请您原谅，那会儿我太小，不懂事儿，回去也不敢告诉家大人，怕挨打。过了得有两三年我才跟我爸说这事，我爸一听就说要寻您，他说您是我们家大恩人，可是都过去那么久了，我爸一工人，没门没路的，哪儿找您去啊，唉。真对不住您。得，不在这儿说了，咱爷儿俩南门涮肉去，得请您好好吃点儿喝点儿。"

"得嘞，这还真得去。你稍等啊，我得先给家里打个电话，告诉他们就别给我留饭了——话说你请大爷我一顿可不行，怎么着也得连请上十顿八顿的。"

"连请您仨月半年的都应该。回头我还得告诉我爸呢，我请完您，他接着。"

太阳在楼宇间渐渐隐去，起了微风。我搀着老头向饭馆走，一路说笑。假如路人的目光偶尔停留在我们身上，会认为这是一对父子。稍后，我和这老者将把酒言欢谈天说地，叙叙那些并不存在的旧。对我来说这轻而易举，我以虚构为生。

《聊斋志异·卷二·某公》

天注定

听到我身上甲叶子的声响了吗？爹。甲胄都遮不住的杀伐之声，大漠中飞沙的呼啸，箭矢破空，战马的嘶鸣。入夜，四周阒寂，还能听到垂死者被洞穿的喉咙血沫汩汩的声响。

可我还活着。

儿如今做了将军。那几个大气也不敢出的，是我的马弁。他们手里捧的，是东街悦来老店的状元红。羊脂玉的糯米，上好的酒曲，黛山的清泉，再加上红鼻头王老实的手艺，保准勾出你的馋虫来。这般醇厚甘香的花雕，爹你活着时也没喝过几回，如今让你喝个够。

"把酒肉尽数摆上，本将军要祭奠先父。"

马弁们拾掇着供品与香烛纸马，我环顾四周的山林。暌隔多年，这里倒无甚变化，草木苍翠，林莽绵延如海，那块蛤蟆样的青石仍蹲踞原处。小时候你只让我送你到此处，再往前一步，你就提刀恫吓我。我虽年幼，却也知爹是唬着我玩的，爹的刀只杀虎狼与恶人，哪舍得劈砍在儿子身上——见我止步，你才憨憨一笑，径自去了。我爬上蛤蟆的背张望，直至爹的背影没入山石林木之间。

"孙儿，回家来——"

祖母又在喊我了，她总是这样。怕我进了林子迷了路，怕我被虎狼叼了去。怎么会呢？爹是四里八乡最好的猎人，他儿子又能差到哪去。

"你们可知，我本该是个猎人，在这山林里擒虎豹的。"

嘴快的马弁问，我不答，走向爹的坟。供桌已摆好，燃香烛，烧纸钱，卸下甲胄，跪下，磕三个响头。神三鬼四，爹，你该成神的，配享世俗的供奉。

而今你可以放心了，爹，那日你嘱咐我的话，儿一刻不敢稍忘。祖母已过世多年，无疾而终，没受什么罪。只是她老人家一句也没提起过你。祖母不是个硬心肠的人，只是怕我难过罢了，我又怎会不知。爹，喝了这坛酒吧，儿敬你的。

"看右首那座坟了吗？分些供品过去，待我再磕三个响头。事毕咱就席地而坐，此处有松有柏，有徐徐清风，正好吃酒谈古。"

方才说过，原本我该是这山中的猎户，如我父在世时，猎虎豹卖兽皮为生，哪想到今日竟身在行伍。一切之缘起，正是刚才受了我三个头的，那座新坟里埋着的死者，叫作武承修的。我该叫他伯父，实则他与我家并无亲缘。武承修是城里的举人老爷，大财主，我父是穷乡僻壤的猎户，按说一辈子也不会往来，谁知有一日，此人竟贵足踏贱地，叩响了我家的门。

爹打开门。跟那人比起来，我父穿着寒碜无比，说来奇怪，原本我也不觉得。"叨扰了，在下武承修，世居城里恩扬坊。今日出门踏青，贪了些脚程，口渴难耐，欲借贵宅稍稍歇足，讨碗水喝，惊扰之处，还请恕罪则个。"爹瞧了瞧来人，点点头，让进屋。我家连个板凳都没有，爹就扯几张兽皮摞起，当杌凳给客人坐。又舀了碗水递他，那人接了，只抿了一口，就放下碗，起身抱拳道：

"敢问阁下可是田七郎？"

爹愣了愣，说是。那时我藏在门框后，拽了麂皮门帘遮了脸，偷偷打量客人，却被硝过的皮子呛了鼻子，打了个大大的喷嚏。我赶忙跑到祖母屋里。祖母正盘着腿坐在炕上做针线，见我进来，冲我做个手势，我捂了嘴，钻进祖母怀里。

那人果然问了。"是犬子。"爹说。又问家里还有谁，爹告诉他，有我祖母，还有我娘。那人又说了些什么，我就听不大懂了，祖母似是听明白了，放下针线，下了炕，倚着炕沿侧耳倾听。"乡下人，不知礼数，孝廉公还是不见的好。"爹说。我仰头看祖母，她闭着眼，脸向右边歪着，耳环微微晃。那人问爹一句，爹便答上一两个字，或不答，我猜爹只是点点头。就也下了炕，头钻出祖母腋下偷瞧，只见那人起身，从怀里摸出个小布包，塞给爹，爹推回去，那人又推回来——那是银子吗？我只见过一回碎银子，爹打了只豹子，银子是豹皮换来的。这时爹挑帘进来，也没看我，拉了祖母，压着嗓子说：

"娘，这是那人……给的银子——"

"不可收。"

"知道了，娘。"

"知道为什么不能要吗？"

"娘您说。"

祖母的嗓音越发低了，几不可闻。"朋友相交，谁若有了难处自然要相互帮衬。可如果人家对你有恩，就不是帮衬的事了，就得报恩。有钱人倒也罢了，不过是出些银子的事。穷人则不同，身无长物，只能拿命来偿。"祖母似是觉出自己声音高了，顿了顿，压低声音继续说，

"娘方才偷瞧了那人两眼，见他额上生着道晦纹，相书上说，生这纹的，多半要遭祸事——再者，儿你不觉得蹊跷吗？一个城里的举人老爷，跟咱不沾亲不带故，为何来结交你？又为何无缘无故给你银子？"

"娘，儿明白了。"

"去吧。"

爹出去了。祖母把我搂得紧紧的。那人说话声渐渐大了，还"哎哟"一声，我估摸着是两人推来推去，腕子被爹攥疼了。爹一只手就能把狼掐死。村西的赵驴儿能胳肢窝夹着碌碡，另一只手端着碗吸溜吸溜喝稀饭，可他也不如爹力气大，虽说没比过。

那人把银子包甩到兽皮堆里，不由分说便走。

祖母撇下我，冲出去，挡在他身前。那人定是被她吓着了，两腿一软，像是要下跪。"伯……伯母——"

"非亲非故，不必了。"

那人似是僵了，手足都不知放在何处。祖母伸出手，手掌摊开，爹把那个包放在祖母掌心，她的手往下一沉。祖母两手托了包，推给那人。"老身只此一子，还指望他给我养老送终，孝廉公就别打他主意了吧。"祖母道，"儿啊，送客。"

那人灰头土脸出了我家院子。"你们说，这老……老人家，竟然说我打他儿子主意？何出此言、何出此言呢？"一旁有人搭腔："爷，方才您要给他银子时，我绕房后去了，伏在窗根儿听了个大概——"

"怎么说？"

"那老婆子说爷您脸上有什么……什么纹，说是来日定有大祸临头，她是怕您、怕您连累他儿子。"

"……还说了什么？"

"还说她家是穷人，穷人要报恩只能拿命抵。反正，反正是不想让她儿子跟您有什么干系。不识抬举。"

"林儿，这么说人家母亲就该掌嘴。"

"这不爷您问我嘛……"

主仆二人到得家门口，林儿帮武承修摘了蹬，正要扶他下来，一路沉默不语的武承修猛地拍了下大腿，把个林儿惊得一屁股坐在下马石上。"母贤至此，其子也绝非常人！"这是后来有人说的，也不知真假。

不过两日，武承修就差人来请我爹。来的是那个叫林儿的，细皮白肉，细声细气，像个女人。说是要请爹去他家吃酒。"你回去就说，谢孝廉公美意，七郎心领了。"那个叫林儿的，刚一转身就撇嘴翻白眼，定是在心里骂爹、瞧不起爹，村里的孩子也这般对我。我想拿石头掷他，爹不知何时到得近前，掰开我的拳头，反手一抛，石头被爹扔到林子里去了。惊跑了几只鸦雀，嘎嘎嘎叫了会子。"去帮你娘捶捶，她又咳嗽了。"

我是冬天生的，祖母说娘生我时受了寒，伤了肺经。爹要三天两头进山打猎，半山上那块地就全靠娘了。"种地不是轻省事，奶奶腿脚不好，爬不了山，苦了你娘了。"祖母摩挲着我脑袋，"乖孙儿，快长大吧，再长高点儿就能帮你娘干活了。"可现在我只能给娘捶背，她一咳嗽就停不下来，娘说舒坦，我就不停手，一下下捶。爹进山打猎的时候，娘搂着我睡。那夜祖母呼噜一响，娘就摸着我脸小声说："小宝，你得听爹的话，就算是你日后再有个娘，也要听爹的话，你爹心好，不会亏待你的。"也不知娘是怎么了，我怎么会再有个娘呢，一个孩儿怎能有俩娘？

那人又来了。爹不肯到他家吃饭，他就来我家，还赖着不走。爹说家里没什么可招待他的，这人倒好伺候，说你们平日吃什么我就吃什么。"粗茶淡饭即可。"可我看他那样根本就不像饿着肚子，厚脸皮。爹拿他没办法，只好拿出鹿脯让他吃，有肉吃了，还嬉皮笑脸讨酒喝，爹也真舍得，就去房后头的窖里把娘给他酿的红薯酒提了一坛来。那人就着鹿脯喝酒，喝得颈子都红了，肉脯也被他吃了好多，他说他从来没吃过这么美味的肉。鹿脯可是到头场雪下了祖母才让吃的。

我被他发现了，他喊我过去，我看了看爹，爹点点头，我就走过去。他把我抱到腿上，把鹿脯撕成小细条，让我张嘴，我又看看爹，才张开嘴。鹿脯可比红薯香。

酒没了，他还想喝，爹起身去拿酒。他变戏法给我看，虚空里一抓，吹了口气，把个东西放到我手心，我一看，是个金黄金黄的小乌龟，探着脑袋，一颤一颤的，指肚稍一碰，头就缩进壳里了，松手，头又伸出来，好玩得紧。正玩着，那人劈手抢过去，把小乌龟塞进我怀里，冲我挤眼："天知地知你知我知，谁告诉旁人，谁就是小狗，如何？"我糊里糊涂点了点头。他让我抬起手，轻轻在我手掌上击了三下："击了掌，你就是大丈夫了，大丈夫一言九鼎，说话要算话的。"

我又糊里糊涂点点头。爹拿来了酒。我跑出去玩。其实不是玩，是心跳得太厉害了，尤其是从怀里把那个小金龟摸出来、捧在手上的时候。

天傍黑时，爹捧着个大包跟祖母说，这是那个人留下的。"娘先莫急，儿焉敢背着您收他的银子。只因那姓武的说，这是定钱，他要买一张虎皮。儿自是不能白白要人家的钱，明日就进山，打来虎给他就是了。"

那时我已经让娘摁在炕上了。只听祖母说："愿老天爷保佑，让我儿撞见只不长眼的大虫吧。"祖母说完，就下了炕，去给爹备干粮。

爹一去就是四五天。进家时提着两只兔子，还有只耷拉着脑袋的山鸡。爹也耷拉着脑袋。

"爹，武伯伯来了。"不知何时我已经喊他武伯伯了。
"知道了。"爹说。

娘去半山挖红薯，我跟她去了。回来时，爹坐在蛤蟆石上发呆，娘问他咋了，爹不语，一跃而下，抢过娘肩上的筐背上。

临走时武伯伯劝爹别急，虎皮他又不急着用。可是爹急呀，我和爹站在房后那棵红松底下尿尿，爹的尿可黄了。祖母把我尿，见尿一黄，就说我上火了，便煮些草叶子让我喝，苦得要命。爹要再进山，娘却病倒了，起不来炕，整夜地咳。祖母和我在家伺候娘，爹去城里寻郎中看病抓药。祖母让娘倚在她身上，爹端着碗喂娘药，刚喝下去，不一会儿就吐出来。吐完就咳个不停，咳出了血。我给娘捶背，娘皱着眉说："小宝，你可长劲了，捶得娘生疼。"我就不敢再捶了。

又过了几天，药灌不下去了，爹硬给娘灌进去几口，碗还没撂下，娘就喷出一大口混了药汤的血。

两天后，娘咽了气。我有点明白娘跟我说的话了。

又没报丧，武伯伯却也知道了，第二天一早就来了，还带来好多人。马车上卸下一口朱漆棺材，别的人抱着皂青布幔、寿衣孝布、香烛纸马，还有秫秸扎的纸人儿，还有一顶蓝色帷幔的小轿子。"七郎，弟妹的事……莫多想才是……"爹似乎没听见武伯伯的话，只直勾勾看着那些人。

此后武伯伯每日必到，祖母让他走，也不答话，祖母说一句，他就作个揖，说两句就作两个揖。祖母叹口气，转身进屋，再不出来。武伯伯也不多话，只是陪着爹喝酒。第七天一早，武伯伯又带一群人来，捧笙的、提着唢呐的、拿小锣的，后面还跟着几个捧着法器的和尚。爹像个哑巴，一声不吭，跟着武伯伯一行人到半山上，在我家那块地的高处，把娘葬了。回来时，爹还是不说话。留在我家的那些人，已把饭菜做好，摆在几张朱红桌子上。香气老远就飘到鼻子里。到了家，武伯伯吩咐林儿招呼帮忙的人吃饭，我进屋跟祖母一起吃，祖母只吃了一口，放下碗筷，叹口气，就躺下了。我推她，让她起来吃，鱼和猪蹄可香了，我想让祖母多吃点。"你吃你的，别扰你奶奶。"爹进来说。

葬了我娘，爹就背上弓提刀进山。三天头上回来，扛着一头鹿。第二天一大早，武伯伯的管家李应揉着眼打着哈欠走出配房，就见院子里躺着只死鹿。当日晌午，武伯伯到我家，四个人抬着鹿跟着。武伯伯说爹太见外了，"闲话我都灌了一耳朵了，有人说，我武承修倒像是田七郎的儿子，给亲娘办丧事都没费过这份心。我说这话不是在你跟前讨好，只是七郎，莫非你还不知我的心吗？你田七郎是世间少有的好汉子，我不过是想交你这个朋友。我没催你，你又何必拼命，还趁夜把鹿扔进我家院子……鹿我不要，我要的是虎。"

"好，过两天我再进山，老虎我无论如何——"

"你你你——"武伯伯像是得了摇头疯，"李应，去，带几个人，把屋里头那些兽皮全给我搬家去！七郎，行了吧，你欠我的，今日——今日算是尽数抵了。"

"那些皮，毛都掉了……"爹说。

"我……我何时说过要带毛的皮？抬了回家！"

武伯伯前脚走，后脚爹就去找老虎了。祖母说："你爹哪都好，就是犟，早晚……还好我孙儿不像他，等长大了，一定比你爹有出息……"

"爹没出息吗？"

"……有啊。不过，奶奶更愿意他平平安安的。"

爹平平安安的，还扛了一只老虎回来。一路上人们追着看他，像看天神一般。有胆大的孩子，还凑过去摸摸老虎的尾巴，摸完就远远地跟着，人越来越多。到了武家，武伯伯大喜，爹撂下虎要走，可武伯伯早就吩咐手下把院门锁。爹只好留下，一留就是三天。武伯伯办个打虎英雄宴，邀了好多朋友来。开席前郑重至极地把爹介绍给来客，爹也不说什么，只作了个四方揖。有人来敬酒，爹酒到杯干，不说话，也不理人。席间有人说："有打虎之能又怎样，这武承修也是个不开眼的，好好一个举人老爷，非得折节下交，跟个山野村夫称兄道弟，可笑啊可笑。"

武伯伯早就找裁缝给爹做了新衣，爹死活不肯换。吃完酒，趁着爹睡熟，下人把爹的衣服拿走，新衣服叠好放在榻旁。次日清早，爹醒来找不到衣服，只得穿上那身新的。爹辞别了武伯伯，别别扭扭地回到家。

"爹，我都认不出你了。"爹穿着新衣服还真是挺好看的。祖母瞅了爹一眼，转身回了屋。爹忙把新衣服脱下，翻出件旧的换上。

"孙儿，到武家去一趟，把你爹的衣裳要回来。"祖母隔着门帘跟我说。

"新衣服呢？"我问。

"还给他们。"

没见着武伯伯。那个叫林儿的听了我的话直笑，我不喜欢他的笑。"回去告诉你奶奶，就说你爹的衣服，早就拆巴拆巴做衬里子了。"新衣服他也不收，"去去去。"我只好抱回家。"也罢。"祖母说。

爹再没碰那身新衣裳。过了两日，武伯伯又来，爹不在。祖母拿"锥子"把武伯伯扎跑了。不是真的锥子，我是说，她的话像锥子："再别来找我儿子，别以为老身上了年纪，就看不出你的心思。"武伯伯走了，看上去像是要哭。

武伯伯不再来了，却派人来请爹，爹躲在柴房里不出来。祖母让我说瞎话："就说你爹进山去了，没十天半月回不来。"不去是不去，可武伯伯家不时会有些兔子山鸡小野猪从天上掉下来，落在青砖墁地的院子里。

武伯伯不再差人来请。爹越来越不爱说话，整日在家闷着，有时也出门，但并不走远。我站在蛤蟆脑袋上，能看见爹在半山的地里忙活，忙完就在娘的坟前坐着发呆，天擦黑了才下来。"你莫不如进山去呢。"祖母说。爹"嗯"了声，背上弓刀，提了酒壶，走了。

这回他杀了一只豹子。还杀了个人。

爹在密松林里猫了几日，终于等到一只豹子，一箭射去，正中眼窝。箭没入脑子，豹子蹬了腿儿。爹扛上豹子下山，行至棋盘石，七八个猎户迎面朝他走来。为首的是赵驴儿。赵驴儿围着爹转了一圈："姓田的，这豹子是我们打的。"

"分明是我方才在密松林射死的，箭还在眼窝里呢。"

"不信是吧，"赵驴儿说，"你先把豹子撂下，看后腿，夹子印还在呢，这畜牲八成是把夹子活活咬卜来了，瞧，爪子都断了。"

爹撂下豹子端详，赵驴儿没说谎。"你说得对，这豹子先是踩了夹子，可……可后来确实是我射死的。你看这样行不，豹子肉归你们，我只要皮。"

"姓田的，你倒不傻。"赵驴儿说，"索性撕破脸吧，兄弟们忍你很久了。仗着自己有两下子，跟谁都不搭伙，每日凡人不理。像你这般吃独食的，最是欠收拾。识相的，就把豹子撂下，不然……"众猎户也你一嘴我一嘴地帮腔。

"不然怎样？"

"还能怎样，宰了你——"赵驴儿举叉往爹顶门上砸，蓦地，却如同被施了定身法，一动不动了。叉尚在半空，明晃晃的刀尖已抵在赵驴儿的咽喉上。

赵驴儿手一松，叉掉在地上。他慢慢放下胳膊，笑了。"田七郎，你豪横是吧，坏规矩是吧，行，有种就宰了我。"说着，脚缓缓前蹭。其他人在一旁跟着起哄。爹退半步，赵驴儿近前半步，爹再退半步，赵驴儿再欺近半步，却不想半截裸露在外的老树根绊了他的脚，身子一扑——爹再想收刀已晚，刀尖已从赵驴儿后脖颈子透出。

爹进了大狱。有人给祖母报了信。她手一颤，针扎进指肚，冒出个血珠。

那几日，祖母痴傻了一般，忘了给我弄吃的，她也忘了该吃饭。我就啃红薯吃，递给祖母，祖母像是瞎了，不看我，也不理我。我就爬上半山，坐在娘坟前，跟她说说话。我没敢告诉她爹杀了人。

半个多月过去，爹终于回来了。人没瘦，脸反倒比先前白了些。只是人不怎么精神，像片蔫树叶。爹沉默了半日，祖母偶尔瞅他一眼，也不问。我也不敢问，只是抱了抱爹。晚饭时，祖母撂下筷子，说："自此之后，你这条命是武公子给的了，他于你有再造之恩，娘今后再横拦竖挡的，便是坏了良心……"爹点点头，并不答话，只闷头喝酒。这日之后，祖母每日跪在祖宗牌位前，早晚两炷香。"来，乖孙儿，你也磕个头，求田家列祖列宗保佑你武伯伯安然无恙。"我磕了头，却想不明白祖母为什么求我家的祖宗保佑武伯伯，不是该保佑爹吗？不过帮武伯伯磕个头也没什么。

后来听说，爹出事没多久，武伯伯就知道了，抓把银票就奔了衙门。半路上撞见爹。爹在前头走，众猎户围了个半圆，不远不近地跟着。爹见了武伯伯，拱拱手："有劳你接济我老母幼儿。"说完继续向前走。武伯伯没应，在身后冲爹喊："七郎，这官司着落在我身上，照顾家小是你自己的事。"

那些天，武伯伯疯了似的使银子，上到县令，下到狱卒，都受了好处。除了见不着日头，爹一点苦都没受。三餐都是武伯伯从太白楼订了差人送去的，汤水酒肉一样不缺。县令拿了重赂，又兼那苦主儿只是个寻常猎户，赵驴儿在乡邑间又素有泼皮恶名，也就做了顺水人情，判了个误伤人命。苦主儿那边只有赵驴儿的瞎眼老爹，武伯伯给了三百两烧埋银子，又送了一副楠木棺材，不告了。临放我爹出来那夜，武伯伯才去到牢里。

没人知道他们说了什么。

歇了两日，爹要去武伯伯家。"去吧，只是休说谢字。"祖母嘱咐爹。

到了武家，武伯伯高兴万分。温言抚慰，把酒言欢，根本不提官司的事。爹也不提。

爹还是老样子，没什么话，只是有一桩变了，吃喝坐卧不再拘束，如在自家。武伯伯送他一应生活用度，爹也不推拒。自此爹、祖母和我，里外一身新，家里米面油茶再也不缺。祖母和爹的话却越来越少了。村里本就没什么孩子跟我玩，我就每日里上山去，跟娘说话。我把武伯伯给的小金龟给娘看了。娘死了，不算我说话不算话。

此后爹常去武家。有时吃酒吃得晚了，就睡在武伯伯府上。八月初五那天深夜，祖母突然坐起身，把我吓醒了。我问祖母怎么了，她只是拄着炕，大口喘粗气。半晌才又躺下，搂着我，拍我。她脸上潮乎乎的，似是冷汗。

就在那晚，爹和武伯伯同榻而眠，二更的梆子敲过了，俩人还睡不着，就聊天。正聊到快活处，爹像祖母一样，猛然坐起，武伯伯也听到了动静："何物在响？"爹说："是我的刀。"此时挂在墙上的刀还在鸣响，刀身跃出鞘足有三寸，闪着冷月般的光，仿佛被人屈指弹过，兀自颤个不停。

"此刀是祖上从异国购来，听我祖父说斩杀人头以千计。死在我这口刀下的野兽也不少，拔出后血丝都没一缕。到我手已使了三代，还是跟新磨出来般锋利。此刀另有一桩奇处，凡遇奸佞毒恶之人，必自动出鞘，铮铮作响——孝廉公你府上定是出了歹人，这刀是要……"

"歹人？平日里我管束甚严，近人虽说不是千挑万选，却也查了家世与平素所为——"

"没有最好。"爹见那刀缓缓退回鞘内，寒光隐去，才又躺下，"不过七郎有句话要跟孝廉公说——"

"七郎请讲。"

"这口刀不会无故自鸣，孝廉公你日后要多加小心，尤其要防着小人。"

"嗯，七郎我记下了。"

两人越发睡不着，都一语不发。爹更是辗转反侧。

"祸福皆是定数，七郎你又何必如此挂心？"

"只是担心老娘和我那幼子。"

"睡吧七郎，不会有什么祸事的。"

"没有最好。"爹说。

那晚睡在武伯伯房中的有三人，林儿和李应我是见过的，还有个武伯伯不久前买来的书僮，比我大不了几岁。之后几日，武伯伯每见那三人就多盯几眼："那童儿是个老实孩子，还粗通文墨，何况年纪尚幼，不可能是恶人。林儿打小就是武某私宠，与我有余桃之情，他也知我待他好，侍奉我从无不周到之处。倒是那李应，平日里最是倔强，人也粗鲁，仗着伺候过先父，总跟我顶着干，当初为七郎的娘子办丧事，他就老大不乐意，倒像是花了他的银子……"

过了一阵子武伯伯寻了个不是，把李应赶走了。

若是那天爹不拦着我，石头我就丢出去了，那时我虽然年幼，准头还是有的。假如砸中了林儿的脑袋，即便砸不死，砸傻了也行啊。村里有个叫赵荒唐的，从前也是个猎户，在山里被落石砸了头，从此就傻了，光着腚到处跑，咧着嘴傻笑，他可谁都害不了。林儿要是像了赵荒唐，后来就不会出那么大的事。当然，我这个将军也就当不上了。武伯伯说得对，"祸福都是定数"。

武伯伯的儿子叫武绅，是个秀才。他家娘子生得极美。那时节秋色正浓，花园里的菊花开得浓妍，武娘子出来赏菊，林儿见色起意，趁武伯伯父子不在家，凑上去调戏，动手动脚，嘴里自然也不干净，武娘子又惊又怒，死命挣脱，恰好武绅回来，堵个正着，却被那林儿猛推了一把，逃了。武伯伯回来得知，暴跳如雷，派几路人去抓林儿，皆空手而归。武伯伯正无处泄愤，有人来报，说曾亲眼见到林儿，进了贾二的宅子。"那好办了。"武伯伯和贾二同年中举，又有同窗之谊，于是修书一封，陈明林儿所行龌龊之事，嘱书童送去。不一会儿，书童回来，"没有回书？"那童儿回禀，信收了，贾府的人让他在门房等，过了会儿来人说让他回，没有回信。再问，就把书童推出去，关了大门。武伯伯大怒，骑马飞奔到贾二家，下马砸门，无人应答。破口大骂，也没人应声。

"贾二家也是惹得的？孝廉公莫非不知他长兄在朝里做官？回吧，忍一时之气，再做打算吧。"有坊间老者劝。武伯伯无奈回家。爹正好来了，武伯伯一见爹，就说：

"七郎，全被你说中了。"

爹登时面色惨白，武伯伯问他不答，留他不坐，径自走了。

祖母让我去拾些柴火。我知道，她是把我支走，不让我听她和爹说话。我爬上山，坐在娘坟前。我跟娘说，娘，我心里扑腾扑腾跳，也不知怎么了。娘不理我，我就自己唠叨。天擦黑时我回来了，祖母见我空着手，就问："柴火呢？"我说我没捡柴火，"你又没真让我捡柴火。"

吃完晚饭，祖母让我睡觉。我就睡了。可我睡不着，支棱着耳朵听外屋的动静。窸窸窣窣的，不知他俩在说什么做什么。后来我实在睁不开眼了。不知过了多久，我醒了，发现自己在爹怀里。"爹——"爹说："醒了？醒了就下来走吧，跟着你奶奶。"天已经蒙蒙亮了。我扭着脑袋看看四周，此时我们正走在山间小路上。一边是嶙峋的山石，另一边是杂乱的树木和黑魆魆的山涧。四周静得出奇，偶有一两声鸟鸣。

"去哪儿啊爹？"

"跟奶奶走就是了。"爹说。

"去哪儿啊奶奶？"

"去找你爷爷。"祖母说。爷爷？我有爷爷？我怎么不记得我还有个爷爷。

山路拐了一大弯，听到了水声。再前行，对面峭壁上，一道白亮的水练垂下。爹住了脚，蹲在地上，按住我肩膀，说："照顾好奶奶。"爹的眼亮得像长庚星。"儿，日后不管遇到多大的事，也不可逞一时之气，坏了自己的性命。活着，好好活着。"

"记下你爹的话了吗？"祖母问。

"记下了，奶奶。"

"跪下，给你爹磕头。"祖母说，"磕三个。"

抬起头看爹，爹已不见了。祖母把我扯起来，继续走。这一走就是二十多年。

爹我做到了，我见过的人一茬茬地死，可我还活着。

前几日，我在城里找到了武绅。武家搬了，不再是我幼时见过的深宅大院。我摸出那只小金龟，放到武绅手上。"这是武伯伯多年前送我的，现在物归原主。"又送他几百两银票，武绅推了推，便收下了。他把我领到爹的坟前，告诉我，坟是武伯伯给爹修的，去年秋，武伯伯也故去了。临终前嘱咐武绅，不要把他埋进祖坟，"'埋在你七叔边上就是了。'家父说。"

"后来我父心有不甘，"武绅说，"就派人在贾二家附近埋伏，终于拿获了那贼子林儿……"

武伯伯把林儿抽得满地打滚，此人倒是有几分硬骨头，饶是皮糟肉烂，却满口秽语，骂个不休。武伯伯抽剑要宰了他，他叔父武恒恐出人命，就喝住武伯伯，命侄儿将林儿送官。万没想到，次日就传来消息，林儿被无罪开释，被贾二接了回去。武伯伯悲愤无处说，竟学了当街泼妇，站在贾二家门口大骂半日，家里人好说歹说才把他拽回家。

"我父回来就大病一场，请来郎中救治，说是肝火，服几剂平肝熄风的药即可。还没好利落，就有消息传来，说是有猎户在山里撞见了林儿，却已非整个的，被人碎割了，骨肉残肢扔得到处都是。"

武伯伯先前还在埋怨爹，好心结交他一场，自己遭了难，这田七郎却从此连照面也不打一个，寒心。得知林儿已死，便与武绅说："你七叔自那天起再没露过面，必是他手刃了那腌臜……"武伯伯大呼痛快，竟不药而愈。"可是还没高兴多久，县衙的班头就来拿人了，不由分说，锁了我父与叔祖，到得堂上，那县令就吩咐恶役把我叔祖杖责四十板子，我父泣血哭诉，念在叔祖年迈，求那赃官杖责自己，可哪里肯听，杖数未满一半，叔祖就被活活打死了。"

那赃官见武恒已死，也有些慌，便说一命抵一命，不再追究。武伯伯被当堂释放，"来时叔侄两人，回去时只有父亲，和叔祖的尸身……我父回来后号哭三日，撕心裂肺，整条街的人都听得到。叔祖的丧事不能指望父亲了，我得一力承担，可是……"武绅力不从心，央告武伯伯昔日朋友，没一个肯来。"父亲从榻上支起身子，命我带包银子出城，等夜深了再去七叔家，见了七叔，劝他远走高飞，莫要再管我家的事了。"

"那日晚去寻七叔，推门，应声即开，进屋一看，四壁空空荡荡，已是举家不见了。"

那时我与祖母正在路上。爹的决定是正确的，假如不走，我与祖母必被差役捉了去，也就没有我的今天了。我今日跟你们所讲，也都是从武绅与李应及街坊邻里等处听来，拼凑起来，倒也把我父亲的事知晓了大半——

武恒头七那日，贾二正在县衙里与那狗官吃酒。内急，出来小解，刚出茅厕，迎面撞见一黑影，刀光如电，贾二伸臂格挡，齐腕而断。再一刀，人头落地，一腔子血喷了会子，尸身才蹅倒于地。杀人者正是我父。

爹入内去寻那狗官，却被班头衙役们缠住，一通厮杀后，爹劈翻十数人，自己也被搠翻在地，身上七八个血窟窿兀自在冒血。剩下的衙役大着胆子走近，爹已声息全无。那几个恶役便你一刀我一刀，在爹身上招呼，头脸肚腹砍得稀烂。见死透了，班头去拿爹手里的刀，死命抽也抽不动，掰爹的手指，也掰不动，便又剁了几刀出气。

那狗官方才听到杀伐声，早避至内室，钻到榻下，正在惊魂未定之时，差役来报，说田七郎已死。狗官前来验看，弯下腰，伸指去探鼻息——爹蓦地自血泊中跃起，劈手打掉官帽，薅了头发，一刀就割了头颅。

"事后听某侥幸未死的差役说，七叔提着那赃官的头，大笑三声，手臂一挥，将那官的头颅掷出院墙，才又轰然倒地……七叔快意恩仇，为我家报了仇，奈何我父子没有七叔那般本事，逃也逃不了……"

代行职事的县丞拿不着我与祖母，就把武伯伯下了大牢，逼武伯伯承认是他指使我爹杀人，好一并处斩，才可跟贾家有个交代。武伯伯不招，受了大刑，已是奄奄一息。"家父在黑牢中发了高烧，'七郎——七郎——'的喊，彻夜不绝。次日，衙门里来人传我，责我带上地契，到了大堂，只见爹周身血污，人只剩下半口气。县令命我把地契呈交，由他转给贾家，又榨了些金银，才算是了了官司。后来听说，头放我父那夜，县丞做了个梦，梦里一衣衫褴褛浑身是血的大汉持刀站在他面前，厉声道：'速速放了武承修，人是我杀的，与他人无涉。你这狗官冤我受他人指使，把我田七郎当成什么人了！'"

是啊，你们把我爹当成什么人了，他岂是寻常人指使得了的？

爹的尸身被扔到乱葬岗子。武伯伯怕野狗坏了爹的身子，派了武绅去，见野狗与乌鸦将爹的尸身围了一圈，没一个上去叼食啃咬，倒像是守卫一般。连续十余日皆如此，尸身也不腐。"回去说与家父听，他不忍七叔曝尸荒野，不顾杖伤未愈，扎挣着起身，许以重金请人去收敛了七叔的尸首，葬了。那官儿想是被吓怕了，也没再查问。"

那时我与祖母已到登州地面。祖母讨了半个饼子让我吃，她扯住那施主的衣袖问："今日是初几？"那人甩脱祖母的手，"十月初七。叫花子也要记日子吗？"祖母发了会子呆，半晌后跟我说：

"十月初七，孙儿，记住这日子。"前些日问武绅，才知那天正是爹赴死之日。

"将军，小的有一事不明，初时，那武承修是如何得知令尊大名的呢？"

"一个梦。据武绅说，某日我那武伯伯梦见一巨人立于床头，叱骂他是目不识珠玉的滥交之辈，朋友不少，却都是狐朋狗友，还说义人只有一个，却偏偏不识。在梦里，武伯伯战战兢兢问那义人是谁，巨人答：'田七郎'。"

"将军，令尊那把刀现在何处？"

"不知下落，该是当凶器证物封存在县衙里吧。"

此时月影疏斜，山中渐有凉意。看脚下，一地残羹冷炙，酒也喝尽了。我吩咐左右拾掇东西，趁月色下山回宿处，倏然间耳畔铮然声响，似是刀剑鸣于匣中。

我长啸一声，一跃而起，按剑喝道：

"你们这些不自量的夯货，哪个起了歹心？！"

《聊斋志异·卷四·田七郎》

乌鸦

那人注定轰不走乌鸦。扁毛畜生占据了整个树冠，黑沉沉的，如同不堪重负的雨云。偶有一两只腾空而起，枝条便颤巍巍抖上一阵子。乌鸦并不理会树的讨好，彼此哇哇叫着，间或翻起眼白瞥一眼妄图驱赶它们的人。

男人毫无征兆地打了个冷战，急于摆脱什么似的转过身，猫下腰，隔着门缝向产房窥视。

医生倒提了我，在臀上狠击两掌，我"哇"的一声哭了出来，就此有了呼吸。

处理完脐带后，医生把我递给一旁的助产士，后者麻利地擦去我身上的胎脂，像包一个蛹那样把我裹起来，抱起我，走向产床上的女人。

"来，跟妈妈贴贴脸，是个男孩，恭喜你啊，喜得贵子。"

女人脸上全是汗水，像是从骨髓中沥出来的，油腻浑浊。我想扭头，以避免和她接触，却发现全无力气。女人汗津津潮乎乎的皮肤已贴在我脸上了，还使劲亲了我一口，她口腔深处泛出的热乎乎的气息像羊水一样腥。我开始哭。我的哭部分是出于羞辱、愤怒与嫌恶，更要命的是我现在这副样子，除了哭也干不了别的。

"这孩子……怎么哭这么厉害？"女人蹙着眉头问。"不哭就不正常了，"助产士安慰道，"好事儿啊，说明你家宝宝肺功能好呢！"

我被助产士抱到产房外展示给被乌鸦击败的男人。"让爸爸瞅瞅，"她说，"瞧，您儿子嗓门真大，躺太平间里的都能被这小东西吵醒。"男人似乎没有注意到助产士话语的不得体，他有些手足无措，没跟我贴脸，也没亲我，只是把头凑近了，端详我。男人呼吸急促，从那混有烟草味的气息中，我辨析出不安与兴奋交织。"不哭哦宝宝，爸爸在这儿呢——"

"该给他起个，起个什么名字呢？"

助产士重新接过我时，我听到男人的自言自语。不必了，我有我自己的名字。现在我唯一的使命就是哭。你们不是我的父母。你们也是受害者。对不住了，算你们倒霉。

第三天深夜，我成功地把自己哭死了。我在半空中俯视，那个插满管子的小身体。女人隔着玻璃哭，号啕，死命揪自己的头发。男人拼命按住女人的手。我猜此时他一定想起了那些乌鸦。可怜的人。

我知道我对不起你们，可是没法子，我必须死。你们的悲伤不是我造成的，至少不是我直接导致，等你们的下一个孩子吧。就此别过。

从那个幼虫般的肉体挣脱出来后，我继续上路。掠过树冠时没看到乌鸦，跟踪者无声无息地消失了。我知道它们中的一些就隐在不远处，另一些更迅捷的，已飞回冥界报信。我早就习惯了它们的跟踪，这些来自鬼域的斥候已替代了我活着时的影子。

在一股气流中我嗅到，慌乱头一次在扁毛斥候的情绪中出现。它们和它们的上峰本以为，这次就一劳永逸了，以为我这个难缠的鬼自此就不再纠缠，却怎么也想不到我又回来了——用把肉身活活哭死的方式。来吧，咱们继续。不过这回不同了，一堂价值连城的"课"上过，从此我会加十二万分的小心，可以跟你们保证：我只会比之前更令你们头疼。但必须承认，你们很有进步，伎俩丰富了许多，欺骗性也更强了。真是越来越有意思，爷就陪你们玩下去，否则你们还不知道，世上还真有这么一种你用尽一切手段也搞不定的人。

时至今日甚至都不再是为了父亲，而是为我自己。这就是我的命。从父亲托梦给我的那天，一条道就划好了，现在我要沿着它跑下去。到哪算一站我才不管呢。

如果发生在别人身上打死我都不信，什么托梦啊附体啊灵魂出窍啊，统统不信，不过是一代代心怀叵测的人编出来唬弄愚夫愚妇的。可那天凌晨惊醒后，我马上就信了，一点也没怀疑。儿子怎么能怀疑亲爹呢？死了的爹也是爹啊。梦里，父亲浑身是——我不大敢肯定是血，因为那液体是蓝色的，泛着光，像是用荧光笔画出来的粗线条。只是线条是动态的，自父亲的七窍向外流泻。问父亲是不是血，老人像他生前那样气哼哼地打断我，"我时间不多，"他说，"长话短说，赶紧抽空给我烧点纸钱，多烧点，拣着面值大的买——"我问怎么了，他说："姓羊的前些天到这边了，这回你爸做鬼也不安生了……"

父亲说完就不见了，只余一个扭曲的轮廓。我睁开眼，蓝血的荧光在我脑子里明暗交替，如同坏掉一半的霓虹管。我撩开被子，坐在床头发了会儿呆——狗日的姓羊的，仗着家里有势力，欺负了父亲半辈子，比我爸活得长已经够没天理了，死了死了还他妈骑在他老人家脖子上拉屎……在我的梦里虽说父亲只留下只言片语，可我也能想象得到他的冤魂正在遭受的那些折磨和屈辱，因为这些还在人世延续，并由我承担。

买纸钱？爸你还是那么天真，哪怕是我买来亿兆面额的烧给你也白搭，咱爷俩能拿得出的，羊家人能翻着倍拿出来。爸你别急，先忍忍。我自有办法。

我的办法就是紧闭门窗，拉上窗帘，躺在床上。屋子顿时沉静下来，残留在室内的光水波般摇曳，使得这逼仄的空间像极了深海沉船的船舱。我躺了片刻，又跳起来，把衣服脱了个精光。既然是死，干吗不让自己死得舒服一点。我光着腚东翻西找——尽管我对自己的毅力非常自信，可我还是摸出了那瓶利眠宁，但只吃了刚好能致死的剂量，够我不在中途醒来就行了。量太大了不行，我怀疑这药会让我的灵魂神志不清。

很快我就睡着了。在黑而沉的睡中我感知着时间流逝。我最后的意识是突然想起还欠着房东俩月的房租，想爬起来，却已支配不了身体，想起裤兜里还有点儿钱，够不够就是它了，以我对那个老女人的了解，就算我已经是一具尸体她也敢把我翻个底朝天。于是我松弛下来，坠入彻底的黑暗。再恢复意识时，恰巧目睹灵魂正在脱离肉身，很好玩，你可以想象下气泡从水面挣脱的情形——

我魂魄的右脚最后从躯体抽离时，发出了"噗"的一声轻响。顿时轻快许多，我看到自己已悬浮于空了。

建筑鳞次栉比，街道纵横交错，行人川流不息。另一个世界的样子与人间无异，皆由点线面与立方体、怀疑与猜忌、沉默与絮语、喧嚣与静谧，以及颜色构成——但仅有黑白两色。沿途有些肢体破损的人与我擦肩而过，某个或某几个部位淌着血，可证明父亲出现在我梦中的蓝色荧光血，是死亡投射到人世时造成的色差。我看到的血是白色的，像精液般黏稠苍白、不反光，凝滞而无望。

我漫无目的地行走，犹如穿梭于阴郁的版画。我不知道该去哪儿，但我知道不能盲目地走下去，每耽搁一分钟，父亲就要多受一分钟的罪。我随手扯住一个路人："请问——"那人猛然扭过头，我心里一惊——此人面白如纸，黑洞洞的眼神像窨井般阴冷。他被我薅住，神色倒无甚变化，才明白，想必我在他眼中也是这副样子，只是我初到冥界少见多怪罢了。

"问什么？"那人扒开我的手，翻着空洞的眼打量我。该问什么呢？不知这边该怎么说，只好沿用我熟识的、活人世界的语言："我要上访，你知道该去哪儿吗？"那人干笑两声："猜你就是。"说完从怀里摸出一沓纸，从中抽出一张递给我，"喏，冥界各级政府的地址都有，齐全着呢，看你是新来的，免费送了。"我忙道谢："太感谢了，大哥，敢问您怎么称呼，容图后报。"那人把纸揣回怀里，摆摆手："甭问了，早晚咱还得见面，你以为你去了就准能告赢？"说罢扬长而去。

闹半天阴间也有干这个的。往日我骑车路过我家西边的桥洞，就见有人兜售这种油印的纸，上面都是各部委地址、主要领导的联系方式之类。不过是利用访民的焦急骗钱罢了。看来阴阳两界也是小异而大同。心就凉了半截。不过已然没有回头路，只好去碰碰运气。拐了几道弯，就见一群人围在一座由黑白色块组成的建筑之前，几个提着棍子的鬼警，正吆五喝六地训斥轰赶，见赶不走，鬼警就挥棍乱打，棍子凌厉得很，冤鬼们碰上就碎裂，四下飞溅，半空中扭曲着飘落，犹如无数片会哀号的灰烬。一群乌鸦扑棱棱飞至，撕扯啄食。

我从中辨别出了他的声音。

父亲轻飘飘悬浮在我头顶，我高高跃起，赶走一只乌鸦，把纸片状的父亲收拢到怀里。"爸，你醒醒——醒醒啊——"

"你……你怎么……也来了……"好一阵子，父亲才醒转。他断断续续告诉我，姓羊的到这儿之后就四下行贿，已然是冥界各级官员的座上宾。这之前父亲把我清明节烧给他的冥币悉数交了，被安置在"待转办公室"，等着转世投胎的指标，过了段还算安逸的日子。却突然有一日被鬼警抓走，投入鬼监，每日遍尝酷刑。趁着鬼卒疏忽，才托了个短梦给我。之所以成了现在的模样，据他说是受了"碌刑"，每日被一个类似黑色大理石质地的巨型碌碡轧来轧去，"唉，倒是真应了命薄如纸这句话。"父亲说。

"这儿的官员就不管吗？"愤怒已充塞于胸，此时感觉那些情绪正向上方爬行，不断灌注入脑，否则我也不会问出这种傻话。

等我清醒了点儿，竟有些替他高兴，父亲毕竟自由了，他并没有深陷牢狱之中，可以自由活动，还能聚众静坐一下。可随即父亲就跟我说，这里就是监狱，冥界的监狱并没有具体的墙、铁栅和锁，只要被带离"待转办"，就再无出路可言，随处都是监牢，也就是说，酷刑可以在任何时间、任何地点施行。"严格地讲，这么说也不对，"

父亲翻着绝望的眼白补充道，"实际上，这里根本就不存在时间和地点。"我懂了，并迅速从这一绝望中找到了有利于我们父子的指望。我把父亲安置在一片阴影之中，起身，开始破口大骂，把在人间学到的脏话尽数喷射到空中，效果不错，鬼警们提着棍子向我扑来——

转瞬间，我已置身于一个大厅。所谓的厅，只是若干黑白色块的堆砌，由虚无构成，我猜它们之所以呈现出墙壁和屋顶的样子，只是为了彰显可以震慑鬼魂的官威。

鬼警们把我扔到地上，我抬起头，看到正前方的矩形黑色色块之后，坐着一个看不清五官的人。脸被一个狭长的等腰三角形遮盖了大部分，当他开口说话时，门齿才森然暴露。

"席方平，你阳寿未尽，到这边来干吗？"他问。

"连我名字你都知道，怎么可能不知道我来这儿的目的。"我说，"既然你是冥界一市之长，就该解决我爸的问题，要不你这官就别干了，让给我当两天。"

"反了反了，你在阳间也跟领导这么讲话吗！？"

"不知道，"我飞快过了下脑子，"在阳间我还真没见过你这级别的官。你别打岔，我爸被姓羊的害了半辈子，死都死了还被欺负，这事怎么算？"

"你爸就没错吗？他那是咎由自取。"

"'就'——你先给我解释解释这个'就'字。在你这句话里，'就'是表顺承的连词，和'难道'是近义词，所以必须得有一个前提，这个前提就是你清楚并且承认姓羊的干过些什么，说明——"

"你当校对出身的吧——居然敢跟本官咬文嚼字鼓唇弄舌，来人，用刑！"两鬼警应声现身，左边那个出手如电，"啪"——一掌拍在我嘴上，我立刻就说不出话了，唇齿皆麻，下颌"咔嗒"一声掉了下来，也不知用了什么手段。

"上舌刑，看他还敢不敢再逞口舌之利。"

舌刑是这样的（用刑之前我还以为是拔舌地狱那种），一鬼警扯出我舌头，另一个手持锯齿状的利刃，在我舌头上梳头般篦了一下，只一下，我舌头就成豆腐丝了。剧痛钻心，思维却加倍活跃，心想这刑可真不错，假如用在喜欢吮痈舐痔之人身上简直绝了，舌头成了一副门帘子，舔起来就不那么容易了。

"扔出去！"话音未落，我就躺父亲身边了。他颤巍巍伸出食指，挑了我的门帘子舌头，小心翼翼地拨进我嘴里，唯恐落下一根，又轻托下巴，我这才算合拢嘴。我含混地叫了声"爸"，他摆摆手，"别说话，这刑爸也受过，算是轻的，过不了多久就长上了。"父亲搂着我肩膀，摇着头，一脸恻然，"算了，儿子，咱不告了，官鬼一家，斗不过的。"

"斗不过也得斗。"我闭着嘴说的，怕舌头丝掉出来，我自己听着像是小狗的嘟囔，也不知父亲听清楚没有。

乌鸦又跟踪我了，不用看也能感觉到它们在我头顶盘旋。这些畜生阴冷的目光投射在我后背，凉意侵入，倒让我头脑越来越清晰。此行已经越来越有意思了，包括已受的和将要受的。也就是在这时，我意识到自己正在做的事，不再单纯是为父伸冤，它已具有游戏的属性。或者说，这是一次带有浓重的、挑战宿命味道的旅行。就像在世上某处曾真实发生的——有人试图爬上一个负角度的峭壁，有人用鸡的胚胎试图复活恐龙，还有人尝试把灯泡塞进嘴里——假如对诸如此类行径一概扣上愚蠢的标签，世界就会陷入无趣的渊薮。持这种态度的人多如牛毛，其存在就是为了彰显他人"蠢行"的可贵，"智叟们"认定对"蠢货"的鄙夷是对这个世界不断被挑战的既定规则之匡正，因此"智叟们"到死也不会得到"蠢"的乐趣……正胡思乱想间，一个小鬼挣脱了母亲的手蹦到我身边，扬起下巴研究我，显然是对我高高鼓起的腮帮子产生了兴趣。这小东西哪知道，我这样可不是为了让自己看上去更好玩，我他妈疼啊，腮帮子鼓起，人为扩大了口腔空间，尽可能避免舌头丝触碰到口腔壁，可稍减痛楚。可我没法解释给男孩听，只好猛然张开嘴，让那些血糊糊的肉丝刷啦啦垂下——

　　这么干的结果是把男孩吓得跳到半空中，就算是幼鬼也不该这么胆小吧。他妈妈倒是异乎寻常的镇定，此时我

041

才发现她手腕上有一根细不可察的线——女人两手捯着，像收风筝一样，把男孩收进怀里，温柔安抚一番，轻轻把男孩放下，牵了小手继续前行。那孩子不时回头望我一眼，脸上惊魂未定。我本想再朝他补个鬼脸的，剧烈的疼痛令我打消了这念头，我得把那些垂下的舌头丝拢齐了收回嘴里。

我快走几步，跟上那对母子。那女人吸引了我。真的。

自从踏足冥界，目光所及皆是干硬生冷的直线、锐角和立方体，哪怕是女人，我所见过的，也都是方臀尖乳，全无女性的柔美可言。这女人不同，她是由曲线构成的，即使是她清瘦的背影，也能使我想到诸如温暖、滑润、柔软这些美妙的、有真切触感的词语。此前她从空中把男孩收回自己怀里，纤美的手指在空中拂动之时，我似乎还听到了轻微却悠长的琴声。

"你想跟我说话，我知道。"女人说。男孩见我跟了来，刺溜一下，从母亲的左侧滑到右侧，箍住母亲的胳膊，脸贴在她曲线优美的髋上，露出一小半脸窥视我。"可你受了刑，说不出话。"女人并没有歪头看我，目光仍然直视前方。我抢步站在她身前，与她对视，竟然发现了她眼中的湿润。自从来到冥界我已发现，此处是干燥的，比这个星球上最干燥的沙漠还要干燥。冤魂们的哀号也纯属干号，哭的行为可以发生，但是并无一滴眼泪流出，在所有生物成为死物、由阳世堕入阴间之时，体液亦随生命一起干涸。她却不同，一个奇女子，身上有种不被神鬼所左右的力量。"我可以帮你，"女人望着我，那眼神——我似乎从她那眼神里发现了更丰富的内容，难以备述其妙——"你不该吓我的孩子，虽然我知道你没有恶意。他在人世活的那些少得可怜的日子，已经受够了惊吓，我只希望他……"女人垂下头，手放在男孩的头顶，轻轻摩挲。小鬼扬起下巴，清澈的目光望向母亲。"现在，你亲亲他吧，就算是说对不起了好吗？"女人的语调轻柔舒缓，毫无命令的声音，却是一道我最情愿去遵从的命令——

她转过头，对男孩说："叔叔不是坏人，顶多是有点儿调皮。"

我驯顺地蹲下。虽说鼓着腮帮子亲有些难度，但我还是毫不迟疑地亲了男孩，我还把腮帮子鼓得越发圆鼓鼓，使自己看起来像只能把食物藏在颊囊、毫无侵略性的仓鼠。男孩笑了，狗窦微开，这天真一笑，板结的冥界也抵御不住，铅灰色的虚空微微波动，竟似有些软化的迹象。

"你怎么弄的呀？"男孩张开嘴，冲我吐舌头。他对我的"神乎其技"非常好奇，此时忍不住模仿，已隐隐有拜师之意，学会了好去吓别的初来乍到的小鬼。因为挨着痛，苦于无法解释，正为难之际，那母亲随手从自己的围巾上扯下一块，细白的手指抖动几下，一只虽然颜色单调但形态漂亮的鹞式飞机就托在她掌心，"让它飞起来，"女人柔声道，"别跑远，等飞机落下来，再来找妈妈。"

男孩奋力一掷，飞机升空，鸟一般滑翔，盘旋。男孩仰着小脑袋，追踪着纸飞机的轨迹小步跑。

女人轻轻扳过我的头，吻我。我在慌乱之中泄了气，两腮扁下来，她的舌已游入我口中。

当飞机在低空摇晃，即将降落在男孩的掌心时，她结束了吻。我还没够呢，可我已经察觉出了异样，我知道发生了些什么。男孩捏着飞机向我们跑来，我蹲下，青蛙般跳过去，猛地冲男孩张开嘴——

男孩再次被我吓到了。从他的表情变化我看到了自己的舌头已完好如初。男孩撇下飞机，跳起来，像树袋熊那样抱住我，然后腾出一只手，去抓我正在回缩的舌头。我只好予以配合。其实——

原本是想缩回去的，我想更久地保留她唇舌的味道。

女人把男孩从我身上"摘"下来，男孩老大不乐意。我收了舌头，刚想说点什么，女人就开口了：

"跟叔叔说永别吧。"

"永别？"

"对。"女人湿润的眼睛又一次望向前方。"这里没有'再见'。"她说。

就这么走了，领着她的孩子。鬼魂也会惆怅，因为我就惆怅了。可我决定不再跟着他们了，我清楚我是干吗来的。不过满腹疑问不是一下子就能压制住的，它们在我脑子像跳跳糖似的——

她是谁？哪儿来的？这是要去哪儿？她是神是鬼？她怎么能迅速治愈我的舌头？她为什么帮我？要是亲别的男鬼或被别的女鬼亲也有这疗效吗？

没有答案。我是个想得开的人，我想得开的方式就是不再想了。反正我已经得出一个乐观的结论：嗯，此处还是上帝的地盘。

可我还是没办法一下子就把她从脑子里赶走。就在她说"这里没有'再见'"之后，我还是像狗一样跟着她。这可真是货真价实的"鬼使神差"，我知道这样不好，可那一刻，假如我跟着的人不扔下一根多汁的肉骨头我是万万不肯停下来的。于是，她真的扔了点儿东西给我——

"你活着的时候也这么贪婪吗？"她蓦地停住脚步，没回头。

这句话跟肉骨头相去甚远，倒更像是一根打狗棒棒风破空。我的灵魂被打蒙了，呆立原地。话说我活了三十几载，从未被人说过贪婪，死了死了却被说。想我生前，不过是个活得捉襟见肘的小人物，钱财、地位、声名都与我无关，想贪婪也无从贪起。倒是有过女人，却也没贪恋过哪个女人的肉体。我更喜欢自己的右手，深觉右手才是世上最无欲无求的情人，假如未来有个强人终结了婚姻制度，一定是挥舞着右手把这件事搞定的。假如强人不是左撇子的话。嗯，我使用右手的次数比较频密，可是右手不会斥责我贪婪，我的右手无怨无悔，忠贞不贰。所以，你这么说我你就不觉得残忍吗？你瞧我连命都不贪恋。再说了我贪婪你什么，鬼能做爱吗？

似乎是能的，她亲我的时候我好像有点儿反应。

总之，我是个有尊严感的鬼。有尊严感就不该再去追人家。不追了就该去做自己该做的事。可是我刚想通，就被人捉住了。是两个鬼警，我还以为是把我的舌头篦成丝的那二位。也难怪认错，鬼警们穿的制服一样，行动一样，就连长相也一模一样。冥界一定有种制造鬼警的模具，我猜。很快就证实了我的猜测，在行进路上，两个鬼警颇为健谈，他们说，鬼警最初其实与普通的鬼一样，相貌也是千差万别，只是穿上制服后，说来奇怪，顿时就全都一副模样了。另外，在投胎指标下来之前，警服是脱不下来的，如同他们的第二层皮肤。我问当鬼警需要什么条件，是不是生前要有警校的履历。"不用，只要把钱送到位，学历不学历的，倒不打紧。"甲鬼警说。问起待遇，乙鬼警道："也就相当于小公务员，要是家里人多烧点儿钱，我早警长了。"语气中颇有些怨怼。"其实你也可以啊，"甲鬼警截住同事的话头，说，"花不了多少钱的，何况穿上这身皮还有桩好处，投胎等的时间大幅度缩短不说，还能自主选择国籍、肤色、家庭状况什么的——"

"可我有钱也没用，家里人都死绝了，我也没后代。"我说。

"那……也没关系。"甲鬼警说，"只要你不再告了，一切都好说。说不定我还能帮你——"

"再敢告就他妈收拾你！"乙鬼警冷不丁吼了一声，跟所有我生前见过的色厉内荏智商低下的家伙一个样。"闭嘴！"甲鬼警呵斥道。我歪了头瞅他的脸，眉毛都拧一块儿去了，看上去气得不轻。红脸白脸唱得还算不错。

"你这捧哏的不合格啊！"我笑了。我深知这种笑的威力，活着的时候我就老冲人这么笑，通常对方就会气急败坏，通常我还会为自己的笑付出挨揍的代价，但皮肉之苦并不能有损我胜利者的成色，揍我的人下手越狠，说明败得越彻底。果不其然，甲鬼警演不下去了，提起棍子劈头盖脸地打，边打边骂："让你多嘴！让你多嘴！让你多嘴！"乙鬼警愣了愣，随即也提棍加入。我就地打个滚儿，夹住裆、护住头脸，百忙中不忘纠正他的错误——

"是你同事多嘴。"于是棍子落在我身上的点数少了一半，甲鬼警改为给我一棍，再抽乙鬼警一棍。"让你多嘴！让你多嘴！让你多嘴！"后者反应迟钝，我数了数，挨了第八棍之后，才猪一般号叫起来。

"成何体统！"一声暴喝之后，我已身处某个巨大空间中。声音是隐在几个黑白色块中的人发出来的。那些色块由菱形、梯形及若干等边三角形组成。说话的人张着双臂，悬浮在菱形中微微摇摆，仿佛罗盘的指针。真的，按说这时候是不该想到这些的，可我就想到了，"立体几何辅助线，常用直线和平面。射影概念很重要，对于解题是关键——"

"胡说什么？！"威严的"指针"呵斥道。那一对鬼警已踪迹皆无，他们的恐惧还有少许悬浮在这空间里。"口诀。"我说，"解立体几何题的口诀。"

我猜这个官儿生前一定是个仇视数学的人，尤其几何。你瞧他连审讯环节都省了，直接给我用刑。也可能是基于这一缘由，我受的刑毫无逻辑和规律可言。比如一般来说，上刑应该由轻到重，由简至繁。遵循这一原则，逐步试探受刑者的疼痛阈值，辅以心理威慑的逐级加重，才会收到良好的刑讯效果并最终达到摧垮受刑者心理防线之目的。可他不，上来就车裂——五个鬼警分别扯住我四肢和头——居然还有第六个，我俯身一看，是个侏儒警，其身量完全不足以胜任这工作，想必送了比同僚更多的钱。那小东西站在我身下，双手高举，扯住我的阳具（奇怪，这不起眼的肉棍儿居然也被他们视为肢体的一部分）。可他的手太小了，因此我那东西显得格外雄壮——

"一、二、三"喊过之后，"喀里咔嚓——"我被扯成了七个部分——两条胳膊、两条腿、一个躯干、一个头，侏儒警两手捧着的——我的阴茎。

"有本事别数一二三。"我的脑袋轻蔑地说。把那菱形中的官儿惹得越发恼怒，身子剧烈旋转起来，仿佛指南针发了疯。磁场紊乱的问题刚刚在我脑子里浮现，我大好头颅就被叉起，下了油锅。油锅是正方形的，内置九宫格，和阳世的重庆火锅酷似——被油炸时，我脑中的疑问变成气泡逸到油的表面：为什么一个如此仇视几何的地方却充斥着几何体呢？又为什么这里没有曲线没有抛物线没有椭圆正圆以及丰润的球体？不，那个女人……

当闻到来自自己皮肉的香味时，我知道头已炸妥，这时我看到鬼警们正在分头给我的肢体用刑。负责躯干的那个把我的肚皮剖开，这之后我首次在冥界看到了黑白之外的颜色——我的五脏六腑姹紫嫣红，花团锦簇地涌出，荒谬啊，我被开肠破肚，竟然给这个单调的世界增添色泽与光彩。而我的心脏从肋下粉红兔儿般跳脱而出时，蓬勃得已令我业已被炸得焦黄酥脆的脸上绽放出了自豪的微笑。

至于我的其余部分——负责我胳膊的鬼警，正试图把一根钢筋似的东西自骨头断端穿过去，左臂已经穿好，看样子他准备要把我的胳膊阴干成腊肉；负责我下肢的两鬼警，正跪在地上横眉怒目地挠我的脚心，他们用的是乌鸦颈下的细毛；最有悖逻辑的是侏儒警，这位正左手托着我的阳具，右手持一把小刀，看样子有极大可能要给我做包皮环切术——这使我有点难过，敝人包皮是略长了些，但不割也没什么，我洗得很勤。

假如你以为这些就足够匪夷所思了你就错了，这个世界的荒谬荒唐荒腔走板远不止此。施刑完毕，鬼警们按照领导的吩咐，用一种无色有味的胶水把我的残肢黏合在一处。虽然我的鼻子也被炸过，可那种死老鼠味还是激发了剧烈呕吐。为了避免动作幅度巨大的呕吐崩开我的伤口，鬼警前后左右、如夹板般抵住我，侏儒鬼警则憋着气，腮帮鼓如蛤蟆，用一种英勇就义般的动作高举我的阳具，死命抵在我耻骨下方——也不知是不是帮我粘对了位置。

这有生加有死以来闻所未闻见所未见却终于发生在我身上的荒谬遭遇终于把我逗笑了，但我也就刚咧了咧嘴角，便昏死过去。再醒来时，发现自己已完好如初，只是鼻子里还残余着死老鼠胶水的味道。再看左右，两鬼警架着我，站在一个六边形黑色色块之前。

"恭喜啦——"我左手边的鬼警说，"你小子真有福，一不送礼二不排队，跟我们上峰也非亲非故，居然能捞到投胎的机会——"我刚要开口，两鬼警发力一推，我就掉进了那个六边形黑洞。坠落中，我知觉渐失。

当意识渐渐恢复，我模模糊糊看到一株栖满乌鸦的树，一个徒劳地、正在轰乌鸦的男人，随后是一双血糊糊的橡胶质地的手。其中一只倒提着我，另一只手狠狠地拍在我屁股上，一下两下三下——

"哇——"我哭了出来，就此有了呼吸。

与我擦肩而过的鬼无不步履沉重，看上去心事重重。只有我是例外，像多动症患儿那样蹦蹦跳跳。我猜多半是刚刚从那小小肉身挣脱出来的缘故。佛典里说，人的肉身死掉之后就要纳入轮回（就跟孩子们玩电动小火车，脱了轨就拿起来把它重新放回轨道的道理差不多。所以死只不过是一次出轨而已），而每一次轮回，不管你是托生为动物、植物、矿物，还是复投胎成人，灵魂始终是原装的，不过是给它找个新房子或者说新容器罢了。从那小容器里逃出，很是费了我一番工夫。别看那么一个蠕虫似的软塌塌一团粉肉，吸附力之强超乎寻常，挣脱而出的难度，不亚于从泥沼中抽身。假如当时认了命，那小东西长大后生命力之旺盛绝非一般孩童可比。

"我说过我们会再见的。"我的思绪被打断了，那个向冤鬼兜售冥界官员地址录的人再次现身。

说完他就捂着肚子笑了，好像我们再次见面是一件很好笑的事。他的笑似乎无休无止，背部耸动如波，伸头缩颈，状如老龟，两只过长的手臂还随着笑的振幅呼扇，就是这个动作让我识破了他——想起那些盘旋在我头顶的乌鸦斥候的骤然消失，它们消失的刹那在我眼底留下了一幅剪影。此时我闭上眼睛，剪影投射在脑幕上，乌鸦们以一种精确的拼图方式迅速融合，轮廓渐成人形，人形飘落在地，就说了那句屁话，尔后就为那句屁话无休止地笑起来。为了切断他的笑、愚蠢以及无耻，我果断照他脸狠狠砸去一拳。

这一拳的力道配得上所携的正义，打出去之后我心生崇高感。我可是为万千冤鬼打的，这事委实令人气愤，冥界之无耻虽可预期，但也太过超乎想象。以此獠为例，你又当斥候又搞副业，做走狗都这么不专一，揍死你也不冤。可怜那些鬼域访民，花冤枉钱买些假地址，被骗了还懵然不知。一念至此干脆我又给了他一拳，这次是上勾拳，这骗子被我打得离了地，半空中他的身体迸裂成无数只乌鸦，下落时复又聚拢。甫一落地，他马上又开口说话了，沮丧，看来我拳头的威力头往有限。

"我理解你的愤怒。"他说。脸上还挂着未及褪去的微笑。"不过，恕我出语不恭，你的行为极其幼稚。"

"说说，怎么幼稚了？"

"你们人间有句话，叫'背地做鬼，当面做人'，如果连这个都悟不到，这趟你就白来了。"

"哦，愿闻其详。"这家伙触发了我的好奇心。倒真想听听他怎么自圆其说。

"链条，"吐出这两个字之后，他就跃到半空，幻化为一副玄铁般的链，还凌空旋转，仿佛一辆隐形的自行车，有双看不见的脚持续蹬着。自链条的空心处传来他的声音，"你瞧，我也好，怨鬼也罢，还有你之前见过的鬼警冥官，甚至是你还没见过的冥王，都不过是这链条上的一环，而所有的环的使命、或者说宿命，都仅仅是参与维持整条链的运转，这是颠扑不破的，放之阴阳两界而皆准。"

"那么正义呢？"

"正义是某个环上的一个点，转瞬即逝，比蜉蝣的寿命还短，因为链绝不会为了彰显正义而静止。世界会为你停止运转吗？不会，世界也不会为了正义和非正义停止运转。所以，不存在永恒的正义，也不存在永恒的非正义。即使是你，也镶嵌其中，只不过你这一环有些不安分，想做个异端，想卡住链条，想以正义之名让整个世界为你停下，你说你这不是幼稚是什么？与整个世界为敌，你想你还能讨得了好去？"

"可是……上帝呢？他就不管管？"

"快别说了，要不然我又该忍不住笑了。这条链就是上帝在祂老人家那车床上制造出来的你不知道吗？你以为夏娃吃了禁果是因为受了蛇的蛊惑？你以为上帝不知道蛇会引诱夏娃？你以为蛇跟孙悟空一样是石头缝里蹦出来的？上帝恰恰就是这一切的导演，干脆说吧，上帝就是给他的链不断涂抹润滑油并提供动力的人。你想想，谁最不愿意看到链的停止和断掉？上帝。否则谁还会膜拜祂。换言之，上帝的存在不是依赖公平正义和世道人心，而是依赖于包括人类在内的万物为链条提供动力。所以——"

"那……"如果我还是个活人的话，此刻我该是冷汗淋漓了。但我还是颤抖了，我听到我声音中的波动。"可是……索多玛和蛾摩拉又怎么解释？"

"呵呵。"他脸上残余的笑意冷了下来，"每个导演都经常喊'Cut'，你以为是想终止电影的拍摄吗？"

"敬畏呢？末日审判呢？六道轮回呢？"

"链。"他说。"还是链。"他干脆转过身，已经懒得说下去了。

虚汗已快把心脏灌满了。"那我遇到的那个，把我舌头治愈的女人呢？那对母子，难道也是链上的一环？"这是我最后一个疑问，但我的虚弱已不足以把它说出口，实际上我已经猜到假如我就此发问他将如何回答。

"能让我再见见冥土吗？"我气若游丝。游丝就是最后一点儿不甘心。

"当然。"他说，"马上你就能见到。"

这次不同。所有的几何体都在移动、旋转、变幻。黑白两色的矩形菱形三角形规则或不规则的多边形相互挤压、融汇，断裂、分合，瞬息万变，宛如地狱的多维屏保。我强抑着恶心和眩晕，努力睁大眼睛从芜杂的线条形状和阴影中辨析着冥王的脸。一无所获。

我终于忍不住开始呕吐，呕出几乎所有的、从人世带来的思绪。

"冥王呢？"当我止住呕吐，调集所剩无几的思维发问。那人已经不可见了，但是他的声音还在：

"就在那儿。"

"可我只看到那些让我吐出来的几何体……"

"你听到冥王说话了吗？"

"没有。一个字也没听到。"除了他和我，我听不到任何声音。但我能感觉到某种力量的傲慢与蛮横充斥这一空间。

"你可以走了。"

走？我去哪儿？还有，即使他不说话，但是，怎么觉得缺点儿什么。哦，想起来了——

"酷刑呢？难道这个程序也没有了吗？"

"没有。"

"为什么没有？"

"因为没必要有。"

这是我作为鬼听到的最后一句话。须臾，我在黑魆魆的地下室醒来，迷迷糊糊地看到，一头熊正蹲在地上，扒拉着被我丢在地上的衣裤。熊从我裤兜里翻出一些钞票，捻了捻，口中哼哼唧唧，随即起身人立，晃着一对大乳走到我床头，伸出肥胖的熊爪推我——

"别装死啦，这点儿钱哪够……"

我的房东。我说过，哪怕我真的死了，她也不会忘记收房租的。

《聊斋志异·卷十·席方平》

蛊

　　我趴在斗盆的角落，等着它向我扑过来。它冲我龇牙，触须戟立，双翅缓缓上扬，仿佛铡刀的开合。

　　它呼出的气隔着老远就喷到我脸上，阴冷。

　　该是西山来的，那里陵多。昔日我去玩时，蹚到过死人骨头，吓得跌在地上，丢了魂儿。放羊的老头认得我，把我抱到羊背上送回家，口水濡湿了羊毛。娘拿了我的小衣小裤夤夜出门，爹在一旁提着灯笼。至十字街口，爹烧了纸钱，娘抖着我的衣裤，一路念叨着，把我小小的魂儿领回家。

　　它就要攻击我了，它的主人已有些躁烦，捏起"撩子"准备撺它的须。

　　我却知道它是不需撩拨的，"蟹壳青"最是忍得住。它迟迟不发动攻击只是在寻找我的弱点。它可比之前的那些虫儿聪明，并未因我生得细小黑瘦就小觑我。

　　但是它终究是聪明不过人的，它观察我的时候我又何尝不在观察它。左后足的腿须有两根是断的，那是它在不久前的一次斗杀中受的轻伤。轻伤也是伤，腿须断了、短了，多少会影响平衡，纵跃时便会稍稍歪斜，我只需捕捉到这轻微的破绽就可以战胜它了。事实上我就是这么做的，当它终于扑来时，我略向右倾它便扑了个空，我掉过身子看它，"蟹壳青"却还以尾须对着我，后足蹬了几蹬才转过来。其实，方才那一瞬我已可轻松置它于死地。

它在颤抖。它不想让我看到它在颤抖。可我伤了它，我嗅到了青草味的血。它发起攻击的刹那，我的颚割伤了它的左侧肚腹。我只需再等一会儿。

该我了。我纵跃过去，咬住它左侧脖颈，了结了这一切。

我在斗盆的边角休息，那儿有一小片阴影。我匍匐在灰暗中，看着一只巨手闯入，捏起那只死虫的须子。我听到斗盆之外，一声欢快的鸡鸣。

那是一只斗鸡，刚刚啄食了我的对手。斑斓羽毛上的反光令我晕眩困倦。这时斗盆倾倒过来，我不得不离开那片阴影，站在尖利的喙下。我把肚子贴在晒了许久的土地上，暖得想睡一觉。那喙像把巨镰，轰然而下，我警醒了，后足猛蹬，跃到一个蹲下身子的围观者的肩头。此处够高，借助地势之利我再次跃起，落在斗鸡的后颈，随即攀缘而上。那里细密的绒毛柔软温热，我越发困倦，都想钻进去睡上一会儿，一定暖过了娘拿新棉絮的被褥，可我还是打起精神，爬上去，咬住鸡冠，再不松口。

阳光照射下鸡冠子的红，是半透明的，我想起娘坐在太阳底下纳鞋底时她耳轮的样子。我倚在娘身上，听她断断续续地闲话。暴雨后塌了一块的土墙有热气蒸出来，太阳一照，就像个豁嘴大金牙在喷云吐雾。

"爹呢？"我问。"又去捉蟋蟀了，唉。"娘说着，抬手在鬓角上笓了笓。

天一黑，藏在我家锅台缝隙里的虫儿就叫，很好听。"促织鸣，懒妇惊。"爹拍着我背，跟我讲，蟋蟀一叫，就快白露了，天就该冷了，堂客们就该给丈夫孩子们赶紧做冬衣了。"所以这秋虫也唤作促织。"爹说。

该算是到头了，我赢了斗鸡，不会再有别的对手了吧。他们都很高兴，那些官儿们。

我住在澄浆泥烧制的紫砂罐里，舒适暖和，还有新鲜的蟹黄吃。我听说，官儿们因了我的战绩，层层地赏，倒也未曾忘记是爹献的我。如今爹已中了秀才，免了赋税，又得了县令一笔赏钱，里正扣了些，也够用了，置了地，翻新了房，跟我家以往的日子比，简直是天上地下了。算他们有良心。

我真替爹高兴，娘也不必数九寒天地去给人家浆洗衣服了。一入冬，她手上就裂开口子，粉嫩的肉往外翻着，我一瞅就浑身一激灵。

娘的哭声淅淅沥沥地落在紫砂罐里，打湿了我，我醒了，浑身透湿。想爬起来，胳膊腿儿都软，一点儿劲都使不上。我躺在炕上喊娘，娘踉跄着抢过来，搂住我，又哭。

"可算是醒了，我的儿。"我趴在娘肩膀上看，是我家。从窗棂的破洞能瞧见豁牙般的土墙。此时没日头，灰突突地瘪着，像隔壁小癞子他奶奶没有牙的嘴。

"爹呢?"我给娘抹泪，蹭在我头发上。

娘抱我出屋。爹躺在堂屋的一块破门板上。发髻散乱，扭结成绺，紧闭着眼睛，脸死人白。

"爹死了吗?"我闻到一股血腥味，却不是青草味。

"没死。"娘答道，"跟死也差不多。"说罢就号啕起来。

想起来了。那日我没忍住，偷看爹盛蟋蟀的陶罐，一掀盖子，那只"黑头将军"便蹦出来，我去捉，捉不到，就拼了命去捉，终于捂住了它，翻掌一看，后腿断了一只，肚子也被我挤破了，我掌心上一片黏稠的汁，青紫色的。

"你这祸根，死期到了，看你爹回来如何跟你算账!"针线笸箩翻了，娘叱骂着，挑帘进了里屋。

我也哭了。我走出家门，走啊走，就走到了村西头那口井边。

《聊斋志异·卷四·促织》

六指

《往事》

鸟睡着

巢先醒来

倾听未知孵化的

声音

绞痛在孕育

而记忆

羽翼渐丰

喙嫩黄，啄壳

钙质的

新鲜疼痛

平生第一口空气芳洌，清冷

往事的嘴角

流着涎

白头宫女似的

一呼

一吸

又醒了。天已微微放亮，一只鸟试探性地啁啾。D 圆木般滚向床边，抓起手机看，四点二十。"人家都睡到自然醒，我他妈睡到大自然醒。"D 爬起来，趿拉着拖鞋走向洗手间。

D 像女人一样坐在马桶上小解，他点上烟，才把尿放出来。

D 记不清这是第多少次"睡到大自然醒"了，但原因永远一样——只要他一翻身，触到她曾经睡过的另一半床，就会立刻醒来，一秒钟都不会拖延。冲了冷水澡，D 套上 T 恤提上短裤，换了人字拖，决定下楼溜达溜达。此时室外有夏天最凉爽的空气。

走出楼洞，D 仰起脖子，深吸了几口，转了转脑袋，颈椎喀拉喀拉响，让他想起那次跟朋友去棚里做后期，音效师用一把新鲜芹菜逼真地模拟出骨头被拧断的声音。回到家时她正在做饭，他抓起案板上的芹菜梗，在她耳边扭断，跟她说今天自己长的见识。"真的啊，"她说，"太神奇了，怎么想出来的。"她也学着他，抓起一绺，"你再不听我话——"她抬起胳膊，翠绿扫过他鼻尖，凉飕飕的，"你的胳膊就跟这芹菜一个下场——"

河边的空气低了两度，D裸露的胳膊感到一丝凉意。他想沿着岸跑跑，到桥下再踅回来。念头刚起就打消了，最近他总是这样，脑子里的念头尸横遍野。上一个被他杀死的念头生于昨晚，他本想今天起床就打开电脑订票，随便哪个城市待上一阵子——就在D从马桶上起身的瞬间，他扼死了这想法。他势必会遭遇陌生的马桶，他的屁股和马桶会相互想念。

河岸上所有的长椅都空着，D找到那把椅子（至少是他认为的那个），坐下，摸出烟点燃。目光穿过烟雾，望着污浊的河面缓缓流动。

有人走过来，D听到脚步和拐杖击打路面的声响。一定是个老人，多半还是中风后遗症，他们用的大都是有四个爪的拐杖，只有这种拐杖才会发出"咔嗒嗒"的、类似跛了蹄子的骡马的响动。她父亲活着的时候拄的就是这玩意儿。他买的。

待近了些，D抬起眉毛扫了一眼，老人不算很老，也就六十出头、七十不到的样子，须发的主色调还是黑，夹杂着些花白。唇上有不整齐的胡子，看上去有些日子没刮了，油腻腻的亮。

D垂下头，撇出右腿，横在他屁股没法占据的另一半长椅上。扭了脸，望着远处的桥，与桥上静默的城楼。

"年轻人，腿活动活动，让我坐会儿。"

有的是椅子，干吗非坐我这儿呢？有病。D在心里说，怕什么来什么。他收起腿，脖子却没扭回来。那个城楼下，是一个狭长的街心花园，他们散过无数次步的地方。初春时，那方天空上飞翔着各种各样的风筝。他们也有一个，潍坊带回来的。可他很笨，从来没放飞起来过。她比他强，她放的那次，风筝高过了城楼，她的笑声和亮橙色的尾翼呼啦啦在风中飘。沿河岸走，再穿过地下通道上去，就是长阔的花园，D想干脆去那边走走。这个时间也许刚刚有人修整完草坪，她喜欢闻刚刚割过的草的清香。"那是草的血腥味。"他说。被她白了一眼。

D刚要起身，一只手就压在他膝上，"别走啊，陪我聊聊。"老人已坐下，拐戳在一旁，果然是四个爪的。老人的左手很有些劲儿，但D是能挣脱的。

有什么可聊的，想清静清静都这么难。D丢掉烟蒂，人字拖踩上去，躲开了老人的手，"聊什么？"D克制着，同时思忖着怎么敷衍几句然后走开。

"聊聊我跟我夫人。"老人从短袖衬衣口袋里摸出包软中华，手耸了耸，两支烟跳出来，参差着。这算是贿赂了吧。D嘴上说了"谢谢"，捏着中南海点五晃了晃，"我抽这个，抽不了烤烟。"

"有什么区别吗？"老人端详着手中的烟盒，"不懂，我刚学会抽烟。"

一把年纪了也不学点儿好。D抽出根中南海，刚要点上，又熄了火，递过去，摁燃火机。老人望着微微摇曳的火苗愣了一两秒钟，仿佛猛然从某个梦中惊醒，忙把烟送到嘴边叼了，凑到火上。老人深吸一口，烟雾自他鼻孔射出，你该剪鼻毛了。D看到几根花白的鼻毛被他喷出的烟吹得颤动，便觉得自己的鼻子一阵发痒。D的钥匙链上就挂着一把小剪刀，精致小巧。他不准备把它掏出来，只揉了揉鼻子。

"她走了以后我学会的抽烟。"老人拇指食指捏着烟，轻轻捻。

"没瘾的话最好别抽。"D说。老人嘬了口烟，咳嗽起来，D听到了痰音。"非要想抽您以后可以抽我这种，混合型的，焦油含量低，不怎么长痰。"D说。"嗯，我记住了，混合型的。"老人止住了咳，答道。

"她走了，走，你明白吧。"D点点头。"就上个月，脑溢血，挺快，倒没受什么罪。"

"那还好。"D说，"那什么，您节哀，不过我还——"

"我们的故事有些……有些传奇呢。我十七岁那年认识的她，其实我早就知道她了，大院里的痞子们总是念叨，说她长得多么多么好看，大院里的姑娘里数她拔份。痞子们说，要是这辈子能娶了她，死了都值。幸亏人不长后眼，要不然那帮痞子打死也不会来找我。他们找我也不怀好意。那年月的痞子说是痞子，跟现在可不一样，打架还敢豁得出去，拍婆子——现在你们叫泡妞，我们那会儿叫拍婆子——真碰上漂亮姑娘就没胆了，也就敢要要贫嘴，来真格的都尿着呢。加上她又老是冷着脸，凡人不理，痞子们谁也不敢乱来，说实话也不知道该拿她怎么办。别看满嘴流氓话，其实没几个有追姑娘的经验。听说她家家教特别严，除了上学都不怎么让她出门。再说没过多久学校就停了课，四中那校长后来给活活打死了（你可能听说过），那阵子人心惶惶的，所以更不容易见着她。"

"痞子们找您干吗？" D 问。

"真对不住，是啰唆了，人一老就难免啰唆，我长话短说——"

"不是不是，" D 伸出手去，似乎要去拍老人的肩膀，又缩回手，这个举动并不恰当，"我只是好奇，没事，别急，您慢慢讲，我有的是时间。"我现在什么都缺，就不缺时间。D 鼻子蓦地有些酸。

"他们夸她如何如何漂亮，问我敢不敢追她。我脑袋一热就说：'敢，有什么不敢的。'我就真跑她家楼下等着了。其实不光是头脑一热，痞子们的拳头可不是吃素的，何况那阵子他们正考察我呢。

"斜对着她家单元口有棵国槐，我就躲树后头等着，我想怎么着她也不能不出来吧。我运气真好，天擦黑的时候，我把她等来了，拎着个瓶子，肯定是她妈让她去打酱油醋什么的。虽然天都快黑了，可是她的好看跟天黑不黑没关系，就算是黑透了也遮不住她的美。那会儿我都想算了，她把我好不容易鼓起的勇气一下子就戳漏了。人家貌美如花，爹妈又是知识分子，怎么可能看上我呢？我连我妈的面都没见过，我爹是工人阶级，倒是根红苗正，可有什么用，说是领导阶级，说是瞧不上臭老九，可到底是心虚啊，要不他怎么老嘱咐我好好念书呢，考不及格了还揍我，好在他也死了，没人管我了——后来，我就把脑袋在树上撞了撞，管用，止住了胡思乱想，脑袋一疼，勇气就回来了，就尾随着她，快到大院门口的时候，我喊出了她的名字。她站住了，斜着身子瞧我。冷着脸。我不敢看她，再多看一眼我就得淹死在她眼睛里。我抄着兜低着头说：'你没发现自己长得特漂亮吗？做我女朋友吧。'这两句是痞子们吵吵嚷嚷了好半天才定下来的，我觉得实在不怎么样，可他们就让我这么说。'错过你我会死。'这句是我自己加的，说出来我都给自己吓着了，就跟没经脑子似的，也不知道怎么这句就秃噜出来了。

"他们很可能就猫在哪个角落里监视我。我听见我说出来了，就跟听另一个人而不是我说话似的。然后我就等着她给我一耳光。痞子们急了就总抽我大嘴巴，她抽我肯定比挨痞子的抽好受多了。"

"她抽你了？"

"没。不仅没抽我，还冲我笑了。差点儿没一个跟头栽倒。真的，她这一笑就跟谁突然给了我脑袋一拳似的，嗡的一下就晕了——她笑的时候，右边的嘴角就月牙儿似的翘起来。她那笑就像是一把用来开启某种气息的钥匙，前所未'闻'的味道丝丝缕缕的，飘进鼻孔，我的头更晕了，简直要昏过去——后来我跟她说：'你笑起来有点儿坏。'她听了就又笑，那时候她已经不年轻了，可她一笑我还是头晕，只是没那么厉害了——晕是晕，可我听清楚了她的话，对，她跟我说话了，她就那么笑着说：

"'听说——你有六根手指头，哪只手来着？能让我看看吗？'"

D给老人递烟，帮他点上，那双手皮肤松弛，晦暗，有老年斑，有花白的汗毛，却没有第六根指头。

"原来有。"老人抬起胳膊，端详着自己的左手，手背，手掌，D注意到那只手的微微抖动。"我拿菜刀把它剁了。"

"为什么？"

"我一点儿也没迟疑，我的左手简直就是自己从裤兜里蹿出来的，我就这样，摊开手掌，使劲向外拧，好让她看清楚那根多余的、我一直藏着羞于见人的手指——她看了，睫毛垂下的时候我偷偷瞅了她一眼，强忍住才没去抱她、亲她那有点翘的小鼻头，那可就是耍流氓了。她没给我更多的时间偷看她，只瞄了一眼，就抬起头，脸上挂着那种让我头晕目眩的坏笑说：'会变戏法吗？你要是能把它变没了，我就跟你处对象。'说完就走，去打她的酱油或者醋了。瓶子被她悠起来，在她腿边一荡一荡的。

"看不到她的背影了，我回了家，跑回去的。进屋我就去拿菜刀，蜷起其余五指，单把那多余的一根摆在菜墩上，瞄准了举刀就剁，只用了一刀。那个东西蚂蚱似的蹦跑了，我趴地上，在桌子腿旁找到了它，奇怪的是它居然蜷着，剁之前我可是伸得笔直的。我找了块布简单包了下，就去了大院里的医务所，路上觉出疼来了，真他妈疼啊。我是有点儿愣，可我不傻，我知道我要不去找医生处理下就会流血流死。一路上我就纳闷儿，一开始怎么就没感觉疼呢……晚上可疼厉害了，钻心。那一整宿我都没合眼，脑子里全是她……天还没亮，我就去等她，裤兜里装着那个被我切下来的东西。从第一只鸟儿开始叽叽喳喳，到买早点的、上班的出门，她也没出现。第二天我又去等，中午，太阳晒得知了都懒得叫唤了，我靠在树上打了个盹儿。有人踢我脚，痞子们光着膀子，手里拿着自制的乒乓球拍。有人拿拍子拍我头，我才醒过来。他们问，我就如实讲给他们听，还掏出那根手指让他们看，那俩年纪小的痞子脸一下子就煞白了，直往后躲。为首的、长得最俊那痞子却没躲，直勾勾瞪了我很久，我以为他会像平常一样，一个潇洒的右勾拳打在我腮帮子上，可我也没像往常一样抱着头，也瞪着他（我不知道那是不是瞪，我觉着是）。可他始终没动我，而是俯下身子，一手叉腰，另一只手撑在树上，像电影里的将军研究沙盘那样盯着我，鼻尖都快碰着我脑门了，这时他总算出了声，'傻屄——'，然后直起腰，提起汗衫往肩上一抡，扬长而去。'傻屄——'，另外几个痞子也学他，'屁'字拉长的长度和调调都一模一样，像鹦鹉一样趾高气扬，骂完就跟着他们的'将军'走了。他们再也不会'发展'我了。我好像也不怎么在乎了。

"第三天我还去等，大清早太阳就毒辣得很，一个胖大妈领着俩警察，晃着一对雄赳赳的乳房向我走来，警察的白制服刺得我脑仁儿疼。他们把我带到派出所，警察让我蹲在墙根儿，问了半天，我照实说了，我说我不是流氓也不是特务，我是在等我的爱情。我还把兜里的东西双手托着交给他们，特别庄严。'屌毛都没滋出来呢，还他妈爱情。'年轻的警察撇着嘴说。嘴角上挂着的笑跟痞子头一样。那个年纪大的警察用俩指头捏起那块破布的角，'噌'的一下打窗户扔了出去。外面有条臭水沟，都是蓄电池厂排出的污水，连个鱼虾蛤蟆都没有，要是让鱼吃了也不算糟践啊！'妈了个屁的死警察。'我心疼，生气，心里骂街，不知怎么就出了口。年轻的警察就蹿过来，嘴里不干不净的，抽了我有一百个嘴巴，踹了我有一千脚。扔我手指头的警察没动手，端着个大茶缸子在一边吸溜吸溜地喝。不是嚷嚷着要砸烂公检法吗？怎么还没人砸。操。夜里醒来，我躺在拘留室的水泥地上，觉得燥热无比，想打个滚儿，找块清凉的地方，可我不敢动，我怕一翻身折断了的肋骨扎进我肺里去。可我受不了啦，感觉后背已经快被烧穿了，看不见的火苗像蛇一样啃我的脊梁骨。扎进肺里就扎吧，我必须起来，贴在墙上也行啊，好歹凉快凉快。我两手撑在地板上，猛地一使劲儿——可把我吓了一大跳，竟然腾空而起，头几乎撞在天花板上，更令我吃惊的是，我的身体没掉下去，而是跟气球似的悬浮半空。可把我吓坏了，我两手胡乱抓，抓到一根冰凉的铁棍，一看，是铸着铁栅的小窗。说是窗，其实就是个通气孔，铁栅之间的缝隙，三岁小孩都钻不过去。我抓牢铁棍，耸肩探头，想吸几口还算凉爽的空气，五脏六腑的烧灼多少能减轻点儿，可是我低估了自己的力量，头撞在了铁栅上——奇迹就是在那时候出现的，脑袋不仅不痛，反而穿过铁栅，小半个肩膀已探出了窗子，我都来不及吃惊，就跟鱼一样游出窗户，我掠过散发着森森凉意的树冠，贪婪地呼吸，这辈子头一回尝到了自由的滋味。

"既然我会飞了，你该猜得出我飞去什么地方了吧。对，她家。那一刻我唯一想去的地儿。

"我趴在窗台上，像小时候趴在课桌上那样，倾听她细不可闻的呼吸声。那个普普通通的夏夜因此在我一生中变得格外美丽，格外不同寻常。等我察觉到心跳不再那么剧烈的时候，我毫不费力地穿过纱窗，水一样悄无声息地流入她的房间。然后我就闻到了那种一直贮存在我脑子里的味道，只是这气息不再仅仅是令我晕眩，而是雾一般轻柔地包围了我，又像雪花一样渗入我周身的毛孔，渐渐地，我的意识与形体已再难聚拢，我被她的气息分解、消融了……

"后来我醒了，或者该说，我又重新聚合成一个完整的人。睁开眼，发现我躺在自家床上，两腿间凉滑湿润。这两样异常还不算令我诧异——床边的椅子上，坐着个戴黑框眼镜的中年男人。只一眼，就可以断定，这是她爸，确凿无疑，因为——他笑了，跟她的笑简直一模一样，一侧嘴角上翘，同样是右边。可是奇怪啊，一样的笑，一样的弯曲弧度，她的笑看上去是那种少女的、可爱的坏，她父亲的笑却隐藏着我猜不出的内容。也许大人的笑都是这样吧，有点儿慈祥，还有点儿别的我说不清楚的东西。'醒了？'他曲肘抬臂，像是要拍我肩膀，可只是在床沿拍了拍，之后他接连说了三个'真好'。他的声音舒缓柔和，'真好'透过镜片传递给我，在蒸笼般的屋子里，那一刻我和他之间的空气是湿润清凉的。见我发呆，他就说，'你该叫我叔叔，我是——'我想说我知道您是谁，您是厂医院的吴大夫，您就是她爸爸。可我——'叔叔好。'我咽下那些话和一口唾沫，润润喉，问好，竭力让自己的声音更礼貌。之所以这么肯定不光是因为他和她相似的笑，还有我右手伤口的清凉，干净纱布奶白色的光，和飘浮在房间里的淡淡的来苏水味儿。他继续微笑着，点点头，扶我坐起，在床头和我后背之间塞上我油汪汪的枕头，然后弯腰从地上变出个雪梨罐头，拧开让我吃。我又馋又渴，一大口下去，甜香可口。见我用舌头去够梨，他就跑到阳台上的灶旁，在我剁手指的地方找到把勺子，冲洗干净，掏着梨喂我。我说我自己来，他用缓慢却坚定的手势制止了我，就这样，他边喂我，边给我讲了这几天的事。

"我被警察带走的那天晚上，他女儿，也就是她，半夜里发起了烧。她父母听见动静忙到屋里看她，见女儿不停地在床上翻身，手脚踢动，一些令她的父母狐疑、尴尬、不知所措的声音从她喉咙中发出。母亲忙扯过毛巾被给女儿捂上，父亲则转过身，去给女儿拿体温表，之后是喂药、打针和冷敷。母亲紧紧搂着浑身滚烫的女儿，那动作与力道不像是爱怜，倒像是出于羞恼的镇压（对，镇压，我找不到比这个更合适的词）。镇压稍稍生效后，她把耳朵贴在女儿嘴边，竭力收拢、捕捉那些不停飞向空中的字节。最终，从那些像赛璐珞碎片般的絮语中，她妈妈辨析出了我的名字。问丈夫，医生摇摇头——那时他的确对我一无所知。清晨，第一只鸟在巢中醒来，试探性地鸣啾之时，她的汗湿透了被褥，退了烧，不再翻滚，安然恬静，恢复了淑女的睡姿。父亲留在床边守护女儿，母亲快步走出家门。这位中年妇女的身体里暗藏着电影里要去抓潜伏特务的机警和坚韧去刺探有关我的一切情报。当大院里的人们该吃早点的时候，她回来了，带回了油饼热豆浆和关于我她认为有必要知道的一切。

"她醒了。靠在床头，乳瓷般的皮肤下掠过红晕，跟父亲讲述昨晚的梦。'她什么话都不肯跟她妈妈说，只跟我说，哪怕是……'她告诉她父亲，昨晚那个长着六指的男孩进了她的房间，男孩让她看自己已经不再是六指的、光滑得看不到一丁点儿瘢痕的手，在梦中她惊呆了，因为害怕和不知所措嘤嘤地哭，男孩温柔地拥抱了她，还在她耳边轻轻说着能直接流淌进她心里的话。不知何时，男孩吻了他，她像世上所有的处女那样陷入初夜的迷乱，在梦中无力地抵抗。可是最终，她也回应了他的吻——她附在父亲耳边说：'爸爸，我在他舌头上尝到了孤儿的味道，真的，虽然我形容不出来。'她抓住父亲的胳膊并摇晃着，好让他和自己一样对此深信不疑。

"她跟父亲说话时，侦查归来的母亲不知何时站在床尾，脸上阴云密布。她少有地对母亲视而不见，没有因为母亲射向她的目光而刻意把某些词汇隐藏，语气坦然到前所未有。该讲的都讲完后，她当着父母的面说要跟那个男孩结婚：'我不着急，我想等我们俩再长大点儿。'这句带着笑意的、结论性的话点燃了她母亲的引信，爆炸了，歇斯底里，不顾盛夏时节自家以及每家每户都敞开着的窗户。她笑嘻嘻地端详着母亲，我猜她那一刻她的一侧嘴角一定又像月牙儿似的翘了起来。她父亲没像往常那样去调停，而是迅速关上窗子，随后以一位医生的严谨查看门窗有无闯入的痕迹。没有。连一粒可疑的碎屑都没有。之后才回到母女之间，目光停留在妻子那张癔症患者般的脸上，压低嗓音说：'你是想让整个大院都……听见吗？'医生抬手在紧张的空气中掸了掸，就好像帝王示意臣子告退，这个手势瞬间压制住了房间里囚鸟般乱扑的歇斯底里，安静下来。'告诉我他家门牌号，我去一趟。'医生对妻子说。'让孩子再睡会儿，出去的时候让她关好门。'

"就这样，她父亲来到我家。他还把我未知的、由他妻子打探出来的'情报'告诉了我。他说警察发现我半死不活，怕摊上麻烦，就连夜把昏迷不醒的我抬回了家。"

"那么——"D望着抹布般缓缓流动的河水，一只印着沅熊的方便面袋子在水面上迷茫地打着旋儿。天光已亮，苍穹之上晨星已隐没，云闲散地飘移，等着初升的太阳为它涂色。河边，晨练的人渐多，汽车碾过洒了水的柏油路发出的声响绵延不绝。

"她爸？他怎么说？"

"就跟这世界上每个理智的父亲一样，出于对女儿的爱，劝我不要再去找她。他的语气带着他期望的、药的效力，说的话像手术刀一样直接、精确，'世道是很乱，但不会乱太久，小女还要读书，甚至出国留学也未尝不可，所以——'所以让我打消不切实际的念头，医生还有节制地动用了威胁，他说以他为军代表的老娘成功做了白内障手术建立的关系，完全可以送我去当兵。"你这手也不是问题，体检的事很简单。"他还说我父母都不在了，论年纪毫无疑问算是我的长辈，长辈当然不会坑害后辈，所以他认为我去参军是最理想的选择。'军代表的权力你是知道的，你能不能当兵全在他一句话。或者说，我的一句话。'"

"你怎么回答?"

"我那会儿毕竟是个半大孩子,说不出什么,就点了点头。不过我敢肯定,我点头的意思不是他想要的意思……就是从那时候起,我学会了怎么骗人。你想骗人的时候千万不能说话,任何语言都有漏洞,只要是字词就有形迹,就有被识破的可能——他走了,尽管我看得出他并没有全部相信我,可也信了大半。

"他被骗的原因不是我多么会骗人,而是因为他过于自信。

"后来,天已经大亮——再给我支你那烟吧——不重要的略去不谈,总之后来我的伤养好了,恢复了,又去她家楼下等,可再也没有等到过她。那段日子我都快疯了,疯子就有疯念头,我去找那些痞子,可是他们似乎从人间消失了。反正我想我最好是再因为什么进趟派出所,让警察再把我臭揍一顿,我认定只有那样神迹才会再次降临,才能再一次进入她的房间……为这别说挨打了,死都值。再后来,一切都乱套了,整个国家乱到了登峰造极,大院里的大喇叭就没有停过,像个声嘶力竭的破锣嗓子,把最新的最高指示吼向每一只耳朵。大院的外墙上,每天都有新的大字报覆盖昨天的大字报,大字报上的名字,一个个的,变成活生生的人被革命小将从家中揪出,游街,批斗,踢打,又逐一消失不见。记不得是哪天了,一张新的大字报出现了,上面红字赫然,正是她父亲的名字。医生最新的'头衔'是里通外国的反动学术权威，大字报上揭发出了他解放前留洋的经历，还有她祖父昔日在上海给洋人当买办的历史。随即医生就被打倒，游街示众时我在人群里望着他——医生的眼镜碎得像血丝密布的眼球，所以我和他无从对视。他脖子上挂着一台黑色人造革包装的收音机，镀铬的天线已被折断，拿在一个梳羊角辫的革命小将手里，她挥舞着，不时抽在医生的后背和屁股上。押解他的人向围观者数说着医生偷听敌台、妄图把西方腐朽没落的医学技术阴险地施加在革命群众身上，另一人手里还提着一只吱呀乱叫、不停扭动的小白鼠：'看吧，这个披着白衣天使外衣的豺狼，拿革命小将当小白鼠，丧心病狂地做实验！'医生的头被压得快要碰到地面，那双曾经喂我吃梨罐头的手被细铁丝勒出了血……

"然后是她母亲，当老师的母亲。先是给医生陪斗，再后来有人挖出了她比医生更要命的背景，大字报上的每个字都锋利如新磨的刀。她正是国民党反动派反攻大陆总指挥×××的亲外甥女，有这样一个反动舅舅就该批倒批臭再踏上一万只脚！于是她的地位'提升'了，医生反成了陪斗。再后来，他们双双消失，新的坏分子登场……

"而我再也没有'等'到她——我是说我不用再等她了，而是毫无障碍地走进她的家，把瑟瑟发抖的、已经饿得没有丝毫力气的她，从床底下扯出来搂进怀里。她认出我了，抱住我，她的喘息像只猫……我俩好了，偷偷摸摸过了两年，够了岁数，就登记结婚了。再后来，这个国家退了烧之后，我们开始找她的父母，为此不惜花光俩人的工资，却只得到一条有等于无的消息——有个活着等到平反的老头说，他在酒泉的劳改农场见过医生，'没回来的，八成就死在了那里。'老头说。至于她母亲，一直就音信杳无。她认了命，从此不再找，终于开始过属于我们自己的日子。我俩无儿无女，相依为命了几十年，最初她不爱笑了，我想看她笑，就老是讲笑话给她听，不跟你吹牛，我逗她笑的本事世间罕有。我不喜欢看她愁眉不展。上个月她死了。死前还摸着我的脸，嘱咐我怎么交水电费，嘱咐我别忘记关煤气，让我有空了到坟前讲笑话给她听。"

　　老人讲完了。他撑起拐，扶着椅背站起："谢谢你听我絮叨了一个早晨，年轻人，也谢谢你的烟，我记住了，混合型。该回去了。回去之前我跟你说句实话，我跟她到死也没说的实话——那张大字报是我贴的，上面的字是我用左手写的，就是我原来长着六指的那只手。"

　　"网上都说，不是老人变坏了，是坏人变老了。你看，我就是个变老的坏人。

　　"不过，她母亲那张大字报不是我写的，我想我到死也不会知道那个人是谁了。要说，那人还真是帮了我的忙——"

讲故事的人陷入了沉默，他拄着拐，望着桥上的人流。拐杖的四个爪使劲抓着地，像是某种正在伺机捕猎的小型野兽。

"你是不是觉得我很没人性？"

D没有回答，只是微微摇摇头。

"可我爱她是真的，我可没想到那张大字报把她家搞成那样，要是知道——我多半不会干那种事。不过——

"我也不后悔。"

《聊斋志异·卷二·阿宝》

酒鬼

　　我沿着铺满月光的河滩向钓鱼人走去。在他身边住了脚。我说：

　　"你是个好人，如果不介意的话，我想讨杯酒喝。"那晚月色轻洒，清风徐徐，河水逶迤，犹如亮晶晶的丝绸舞动。

　　"好人不好人的——"那人并未抬头，深陷在眼窝中的双目盯着鱼漂，"这年月清醒的人太多，难得有肯喝两杯、把自己弄得不那么清醒的，来吧，坐。"他端了个搪瓷缸，提起酒瓶倒，酒飞溅而出，月光镀上去，亮如细碎的珍珠。我接过缸子，与他碰杯对饮。垂柳的枝条在幽蓝的夜空中摇曳，如水草荡漾水中。虫儿在身后的草丛中觅侣，亢奋地振翅，将鸣叫和令异性迷醉的气息散播于夜空。

　　"我得谢谢你的酒。"我说，"你的酒让我混淆了生与死、冥界与尘世、具体与虚无的界限，使我不再像以往那么煎熬，记忆被酒冲淡了，记忆的刀不再那么凌厉，就像河底的卵石，原本它们是见棱见角的，最古老的一批来此戏水的孩子还曾被扎破了脚。疼减轻了，至少是在你来的时候减轻了，甚至还偶尔有了喜悦，虽说那喜悦就像鱼儿的嘴唇触碰脚底——

"但毕竟是欢喜啊，跟愁苦是不一样的。"

"这么说来——"他终于扭过头，面目有如刀斧刻划，他转过脸的一瞬，鼻梁闪过一道光，如我的记忆一般锋利。"你是个鬼啰？"

他的目光在我脸上停留片刻就移开了，仍旧凝视水面上的浮漂。越来越黯淡的河水中，那个乳白色的漂浮物沉默地思索着。他的眼神里没有惊讶没有恐惧没有轻蔑，但也不是空洞的，其中所蕴仿佛此刻掠过树梢的风。那该是阅尽人世者的目光，一切都见怪不怪，就连我这已活过一世的鬼也自愧弗如。

"是的，我是鬼，我就溺死在这条河里。"

"看来我的酒没糟践，都让你喝了。"他笑，脸上的纹路像活动的页岩。他的笑让我想起父亲，他还在人世，却已老年痴呆。多亏了这病，让他从老年丧子的悲痛中解脱了。

我举起茶缸敬他，清脆的响声被夜风吹到远处，在山谷间回响。

"嗯。这条河里，只有我一个溺死鬼，你的酒归我独享。"我感谢他，发自我早已不存在的肺腑。杯已见底，我起身，趁灵魂尚未酩酊大醉之前，向他深深鞠了个躬。

"何必多礼。"他说，"你不用谢我，也不是什么好酒。似乎我倒是该谢谢你呢，来这河边钓鱼的，数我收获最丰，从来没有空手而回过——"停顿片刻，他说：

"我猜，多半是你帮我的吧。"

是我。他来这儿钓鱼的第一天，我尝到了久违的酒。虽非纯醪，却因为暌隔日久，对我而言堪比玉液琼浆。"还记得你第一天来的时候，你站在河边，咬开瓶盖，'噗'的一声吐出老远，然后高举了瓶子，你说：'喝吧，淹死鬼们，死都死了，不如再醉死一回。'说完你就手一挥，划个弧，把酒洒在河里。鱼儿们避之不及，我却解了馋。此后你差不多每日都来，却不再说话，只是照常洒酒在河里。我生前嗜酒如命，而今受了你的好处，当然要报答，活着时我最不愿意欠人情，就把鱼赶来，哄着鱼儿只咬你的钩。孤魂野鬼，别无所能，也只好用这种办法报答了。"

"多谢。"他从野餐椅上站起，"月色这么好，不如烤两条鱼，你我一人一鬼，边吃边聊吧。"不待我回答，就支起烧烤架，燃了炭火，手脚麻利地捉起一条鱼，抠住腮，去鳞、开膛，把内脏丢进河里。

失去内脏的鱼仍在他手中扭动。

"鬼吃不了荤腥。"我别过脸，望向对岸，山峦在夜幕中青莹莹的，有如不真实的布景。"我只喝酒就好。"我说。

"那好，鱼我吃，酒管够，包里还有。"钓鱼人把涂抹了酱料的鱼搭在烧烤槽上，滴下的水与鱼的油脂助燃了炭火，尘世的烟火气缭绕，游入我的鼻孔，熏出了我的眼泪。我的泪比下游的河水还要浑浊。

"说说你是怎么死的。"他不停地给鱼翻身，以免烤焦。鱼肉的香气飘到半空，有些他看不到的神灵耸着鼻子，贪婪地嗅。

我怎么死的呢？那天的事情我当然记得。他脸上岁月的刻痕也不如我的记忆清晰。

酒局散了，我的朋友们醉了，清醒时他们看着我，脸上的忧心忡忡已经被血管中燃烧的酒精熨平了，每个人的脸上都是大醉后的痴傻。再没有人留意我的消失。我揣上最后半瓶酒，跟跟跄跄走到河边，沿着岸往来踯躅。那天不像此时，有风有月，河水是黑色的，山峦是黑色的，林木是黑色的，如同想象中地狱的景象。我也被夜浸得通体如墨，成为一幅移动的剪影。我提着酒瓶手舞足蹈，把自己投射在沥青般的河面上，然后瘫软在岸上，观看一场提线木偶的表演。"我"在河水的幕布上奋力比画着，向山林、夜鸟、鸣虫和水底的游鱼回溯我已经逝去的前半生。"我"如泣如诉，断断续续地罗列出我失去的东西，那些令我心如刀绞的面孔钻出我的心脏，投影在河面，却又转瞬即逝，踪迹皆无。我告诉所有隐匿在山林河谷的观众，失去的再也找不回，却独独留下记忆，记忆如同河床上沉积了若干世纪的淤泥，我深陷其中，被记忆啮咬、撕扯，也终将被记忆吞噬。

"我"的倾诉刚刚过半，原本凝重的河面开始翻滚，白色的水雾蒸腾而出，那是河水不耐烦的怒气。它终于忍无可忍，搅动出一个巨大的漩涡，并指使一只拖着长尾巴的水鸟扑簌簌飞起，以一种不祥的叫声，将河神的厌恶散播到整个河谷。那只鸟在夜空掠过，尾巴长而沉重，拖曳着人心里所有的绝望。"我"的倾诉与动作戛然而止，我看到黑色的幕布上静止的"我"正在积蓄最后的力量。

就在那一瞬间，我做出了决定。我喝光最后一滴酒，扔掉酒瓶，走进河水深处，我搅动出的涟漪如同飞速旋转的弯刀，轻而易举地切断了绑缚在"我"身上的提线，"我"与我如愿以偿地坠入河底，就此弃绝一切。我最后的感知是冰凉的淤泥带来的舒适。

这就是我的死。而我对他说的是："看到那个独木桥了吗？"

我伸出手指，指向上游，那儿有块被人凿出凹槽的岩石，对岸还有一块，那株湿滑的树干至今还横亘在那里。

"那天我喝得烂醉，不小心失足坠河而死。"

"就算是活着，你也没我老吧。"钓鱼人撕下一条鱼肉，咀嚼着，口中含混道，"不过你还算是死得好啊，我想我最好也把自己喝死了算。人事不知了再死，脑袋里就不用装着那么多事，酒一下肚，身子沉了，心里反倒轻了——"他沉默片刻，总结似的说：

"那就是我想要的死。"

河水心事重重地流淌。我轻轻摇头，就此不语。我坐在他的影子里啜饮，我没有自己的影子。喝光茶缸中的酒，我起身道别："该走了，我去赶鱼，这样你走之前还能多带几条回去。谢谢你的酒。"

"明天还来啊！"他的嗓音粗粝得像河滩上的砂石，"带瓶好酒给你。"

此后每夜我都来与钓鱼人同饮，为他驱鱼，确保他满载而归。只是很少交谈，大多时间，我与他都是枯坐岸边，望着流动的河水一语不发。就像河岸边的树木，无须语言，却可以静默的方式交流。终有一天，我打破了沉默，我说这将是我与他同饮的最后一晚了，罪业已满，明日我就要投胎转世，以婴儿的形态重返人间。

"恭喜恭喜。"他说。言语中却殊无恭喜之意。而我没有告诉他的是，我的灵魂将寄居于一个全新的皮囊，全新的记忆将如草木般从这皮囊中萌芽、生长、茂盛、贮存、发酵，而"我"和我的记忆，将不复存在。此时尚在的记忆无疑令我痛苦，它每时每刻的啮咬，从生前到死后，一刻未停。对一个辗转反侧的灵魂而言，无知无识是多么幸运的一件事。就好像我生前见过的所有疯子，我怀疑他们的疯都发轫于造物的恻隐。

是啊，假如不让他们疯掉，天晓得脑袋里的事会怎样丧心病狂地啮咬他们。

"那么，是不是像传说的一样，得有另一个人淹死，"他沉默片刻，摸出烟斗，点燃，"你才能投胎？"

我魂游物外，没有听到他的问题。等回过神来，尚有余音在空中飘浮。"对不起，你刚才说什么？"

"我是说投胎，像传说的那样，是不是要——"他翘起下巴，指了指河水，"一命换一命？"

"嗯。明天会有个人溺死在这河里。"我答道。他点了点头，不再问。瓶子里还有些酒，他尽数倒在我手中的搪瓷缸里。

"祝你托生在个好人家。"他说。我心神不定地道了谢。

"下辈子能不喝就别喝了。"告别时他说，"打你身上我也看出来了，酒，没什么用。"

"下辈子的事，谁又能预知呢？"我苦笑着说，"至于酒，你说得对，没什么用。"

第二天太阳尚未落山，钓鱼人就出现在他惯常所待的位置，穿饵、甩竿，固定好。做完这一切后，身子窝进帆布椅子，抽烟。他的视线并未如往常一样停留在浮漂上，而是若有所思地望向某处。黑纱般的夜幕缓缓垂降，四周渐渐陷入寂静，水声超越以往的湍急。夜幕四合时，钓鱼人的身影融入黑夜，只余烟斗明暗交替。

月亮升至中天，播光散华。树影疏斜，水如融银。钓鱼人被月华勾勒，犹如一幅发光的版画。

　　他身后的小径分岔处传来一个女人的声音，似是母亲对婴儿的轻柔低语。之后那声音渐渐邈远，钓鱼人知道，女人是沿着小径斜着走去，那条小路通往独木桥。他一直靠在帆布椅背上，此时坐直了身子，耳朵在夜色中生长。

　　女人走入钓鱼人的视线。上桥，行至中途，"扑通——"女人跌落，在没入湍流之前，女人奇迹般地把襁褓抛到岸上，坠落处是绵软的泥滩。女人向下游漂去，胳膊在空中徒劳地乱抓。此时婴儿开始响亮地哭。岸上的钓鱼人陡然起身，蓦地向前冲去，椅子被带倒了，烟斗掉落。似乎是被一个突然冒出的念头喝止了，他的脚步猝然停顿，女人枯枝般的臂膀与偶尔浮出水面的闪亮黑发从眼前漂过。他的颈项随着女人转动，女人的头猛然在水中划出一道笔直的斜线，迅疾地向河岸切去，似乎是抓到了什么，经过几次不成功的尝试后，女人战胜了湿滑，终于露出大半个身子，手脚并用爬上岸。女人双手拄地，呕出腹内的水——这时她听到了婴啼，女人被鞭打般迅速弹起，深一脚浅一脚地沿着河岸奔跑，掠过钓鱼人时，蹬到了横亘在河岸上的鱼竿，猛烈的趔趄反帮她加了速——

　　当钓鱼人望向她跑去的方向时，婴啼已与母亲带着哭腔的呵哄声融合。

"我又可以陪你喝酒、帮你赶鱼了。"我盘膝而坐，不客气地自行拿了缸子，斟满酒。

"你救了她。"他说。他捡起烟斗，在衣服上蹭去泥浆，重新叼在嘴里。他使劲吸了一口，烟丝复燃，一明一暗。"你看那女人抱着孩子，你就心软了。"

"也是，也不是。"我说。

"就这么放弃了？"

"以后还有机会。"我望着黑魆魆的河面，此时水流已趋于平静。"只要这河里还有水，就一定有人失足。"我的语调轻柔而富有韧性。

"这话倒像是在安慰我，就跟等着投胎的不是你，是我似的。"

我静默片刻，举杯向他手中的酒瓶凑过去，清脆的响声里有讨好的味道。"至少我还能和你喝酒，你也会继续收获鲜美的鱼，其他的事，管它呢，来，干了这杯。"

不快的气氛并未消失。我知道。它们就像一团雨云，悬在我们的头顶。

我们继续每日相见，我为他驱鱼，他用卖鱼所得的钱，为我买来越来越昂贵的酒。我感到了这些酒的变化，不仅仅是越来越高的酒精度与价值，而是它们的效力。前世的记忆能够迅速被酒所稀释、镇压，可说是效验非常。然而记忆的酒量也在暗自增长，酒精的效力退去之后，记忆反而更清晰、更锐利，反噬变本加厉，那种噬咬引发的疼痛，有时甚至让我忘记了自己已经是鬼非人——

这是我一直以来想不通的，为什么一个已经失去血肉、形体的灵魂，反倒比活生生的肉身能感受到的痛感更强烈。

"痛快。"有一天我飞身跃起，张开双臂，大喊了一声。以一个鬼魂能喊出的极限。人类的耳朵是听不到的，河谷和山林、昆虫与飞鸟能听到。钓鱼人的目光停留在我后背，他的冷笑穿透了我，没入水中，一条路过的游鱼惊惶逃逸。

不知过去了多久。从钓鱼人脸上越来越深、越来越密集的刻痕中，我读出了岁月的更迭。在这段时间里，有足够我转世数十次的人坠落河中，却都无一例外地大难不死。当最后一个大腹便便的男人惊魂未定地爬上河滩时，钓鱼人说话了——

"够了。"他说，他语气中的冰冷即使是经年蜷缩在冰冷河底的我也有些难以承受。"那天，第一个人，就是那个抱孩子的女人，连我都生了恻隐之心，那一刻我也想跳下河去救她，可我忍住了，我不想坏了你的好事。我他妈像禽兽一样任凭那孩子在我耳边哭。可是后来，就有了看戏的心态，我冷眼旁观。我倒想知道，你的戏会演到什么时候才算完。我当然早就看透了，你那根本就不是出于什么鬼魂的善良，你根本就不想转世为人，你压根儿就没那个念头。我不知道阴间有没有那种叫孟婆汤的东西，可我知道一个鬼魂再生为人之后，上辈子的记忆就会被统统抹去。所以，对你来说转世并不是件值得庆祝的事，因为你将不得不失去前世的记忆。"

"在悲痛的存在与不存在之间，我选择悲痛的存在。"在我未死之时从一本书中读到了这个句子，我的灵魂一直在默诵，此刻也在。而他，他的愤怒令我陷入了慌乱。他正在剥光一个灵魂。

"而你——尽管死了，尽管是个死鬼，尽管如你所说，无时不刻不被记忆撕咬、煎熬、折磨，尽管你说你感谢我的酒让你好受了许多，可我明白，你就是那种人们说的，什么斯德哥尔摩症患者，你的记忆就是绑匪，你被它绑架了，它让你生不如死——不对，是死不如生，活着确实不比死更快活——可你已经片刻也离不开它了，瘾君子爱上了毒品，受害者爱上了绑票的，伤口爱上了刀——荒谬吧，荒唐吧，可这就是你一次次放弃转世投胎机会的原因。"

"你他妈让我烦透了。"

这是他对我说的最后一句话。然后他起身向河水走去。水淹没双脚之时，他回头斜我一眼，旋即转过头，走向深处。

他的速度当然不会比一个鬼魂更快。我能救他，跟救那些本该死的人一样轻松。可我似乎被那一眼魔住了，动弹不得。

一团黢黑的云遮住了月光。我的灵魂腾空而起，被一股不可抗拒的力量纳入一条无形的轨道。这条轨道通往一个女人的子宫，我将变成一个无知无识的胎儿，等着重返人世，前世的记忆荡然无存。

《聊斋志异·卷一·王六郎》

拉钩儿

流泪撒种的，必欢呼收割。

——《旧约·诗篇》

1

"德禄，又耍钱去了是吧。我看你是没救了，不把家毁了不算完。"

"哪有，五叔，这回我可真没去耍钱，我家小三子出疹子，发了一宿烧，我们两口子整晚上没合眼，给他擦身子换手巾，这会儿总算是退了烧，这不刚出来透口气就撞见您老，叔啊，您可冤枉死我了。"

"你当我瞎呀德禄，拿自个儿的儿子编排，也不怕遭报应。我分明瞅见你从赵秃子的门里出来。你这是狗改不了——唉，那几个娃娃修下你这么个爹真是作孽。"

"咳，咳，您老都，都瞅见了，我，我，我是想翻翻本儿啊五叔，我知道错了，叔，下回再也不了。不信您往后瞧——"

"瞧，先瞧瞧你自己那张脸吧，鬼见了你都得绕着走。就算你不为老婆孩子着想也得为自个儿的身子骨想想吧，整天价不是灌黄汤就是没日没宿地掷骰子推牌九，你就折腾吧德禄，这么下去你连我都活不过。当初若是好好念书，也不至于——"

"知错了叔。我改，肯定改。"

"改？你问问咱李家没出五服的亲戚，还有哪个信你。嗨，不说了，说也白搭——这果子你拿着，还热乎呢，给小三子和他那俩姐姐吃，你这没出息的东西，莫跟你儿争嘴。"

"哪能呢，五叔，您看又要您老破费——"

2

"炸果子呢？怎么空着手回来了？

"你晃什么脑袋？你以为你不说话我就不知道你把果子给了谁？又是那个德禄，可着李家大院你扫听扫听，如今还有谁搭理他，都老远躲着走，莫非他就你一个叔？莫非普天下就你心眼好，你是救苦救难的观世音菩萨？"

"这老婆子——"

"我知道你嫌我唠叨，行啦，不唠叨了行了吧——填不完的无底洞——冬儿快醒了，我看一会儿你孙子找你要果子吃你怎么说——哎哎哎——你个老头子，你干吗去啊？说你两句就生真气啊。"

"哪个生你气。我再去买。"

其实我早就醒了，被窝里可真暖和。窗外的家雀叽叽喳喳的，叫了好一会子了。

奶奶又唠叨爷爷了。又是为德禄叔。

3

"我婶子没在屋啊，五叔。"

"你婶子要是在你还敢进这个门？明知故问。她领着冬儿集上去了。说吧，德禄，什么事。我知道你没事不来。"

"五叔。向日里没少麻烦您老，有点儿张不开嘴——"

"让你说你就说。跟我有什么不好开口的，又不是女人家，莫扭扭捏捏。"

"那我就说了啊，五叔。我算是想明白了，您教训得对。可我这身子骨您也知道，实在是干不了啥。正好我丈人家那个老大小子，就是我那个大舅子——您或许知道他——是倒腾山货的，答应让我入个小股，跟他跑跑腿看看货什么的，除了往后老得出门在外，活儿倒是不累，也多少能赚点儿，算是个正经营生。到底是银娥的胞兄，断不会坑害我的。这事若成了，我就老在外边跑，也顺便躲赵秃子那伙子人远远的，再不碰那玩意儿了。叔啊，您看您老能不能借我些，本钱，不多，九百个钱就行。"

"九百个钱，要说也不算多。德禄，行吧，叔再信你这一回。只要你此番真改了，日后你手短叔还帮衬你。你丈人家那大小子我有过耳闻，是个有口碑的买卖人，你好好跟人家干，人家自会好好待承你，终归是门子亲戚。"

"嗯，我都记下了五叔。叔，我，我给您磕个头吧。"

"不年不节的，磕哪门子头。钱揣好喽，进家就给你媳妇，莫再过你的手，让银娥给她娘家哥哥。"

"知道了五叔，您放心吧。"

"还有啊，别记恨你婶子，德禄。她嘴是刻薄些，心却不坏，再说了，你婶子可没少疼你那几个娃娃。"

"哪能呢叔，银娥总念我婶子的好，我心里也有数。"

4

"爷爷我们回来啦。"

"冬儿啊，奶奶又给你买啥好吃的了，瞧这小嘴儿上，油乎乎的，爷爷给你擦擦。"

"爷爷你先吃这个，我给你买的糖葫芦。爷爷你快吃，冰糖可甜了。"

"嗯呢，又脆又甜。你吃吧冬儿，爷爷这牙不行啦，吃多了就疼。哎，跟你说，德禄来了，这事我不能瞒你，我借了他九百个钱，当本钱，跟他大舅子去跑山货。我琢磨着是桩好事，老在村里待着，免不了又跟赵秃子那帮人混到一堆去。我觉着他这回——"

"冬儿，你个小馋猫，你都吃了个糖葫芦了，还吃。小心拉着嘴，那冰糖跟小刀子似的。"

"跟你说话呢，老婆子。"

"听见啦，老头子，大善人，活菩萨。你说是好事就好事吧，钱都是你挣下的，你想给谁就给谁，反正我是不想提你那个侄子了。"

"是借。"爷爷说。

"爷爷，我去找小三子玩会儿啊，我让他看看我这个小黄鸭子。"

"别跑，小心绊着。这小活猴儿，回来的路上就摔俩跟头了。"

我揣了俩裹了冰糖的山楂果给小三子吃，我掏给他的时候都粘兜里了，脏乎乎的，可小三子三下两下就吃完了。"真甜。"他说。

5

"这都快一年了吧。"

"什么快一年了，说话没头没脑的。"

"我是说你那个'浪子回头'的侄儿，借钱借了快一整年了，没音信了吧。"

"怎么没有，八月上不是回来了吗，还孝敬了你几包口外带回来的干草菇木耳什么的，吃完就忘啦？"

"亏你还是我老头子，我是记挂那钱吗？我也不记挂你那侄儿，昨天晌午我去了趟银娥屋里，你那侄儿久没音信，我是担心她们成了孤儿寡母。银娥说她不安不定的，我也跟着揪心。"

"呸，这都快过年了，不吉利，你这张嘴。"

"没事没事，睡吧冬儿，宝贝冬儿，你奶奶嗓门忒大，看你把孩子都吵醒了。"

爷爷吹熄了蜡。黑咕隆咚的，我闭上眼，爷爷拍着我的背，一下、两下、三下。我能数到十了。

6

"德禄回来了。"

"知道了。银娥跑来哭，我劝了她半天。这闺女也是可怜，嫁了这么个——我说什么来着，这回真没准成孤儿寡母了。"

"行了行了，你就别闷头抽烟了，我不惹你生气，行啦老头子，赶明儿你去镇上给他把黄大夫请来吧，你俩不是有交情吗，德禄的病兴许他能看得了。明天一早我就把小三子接过来，添双筷子的事。"

"嗯。再躺会儿吧老婆子。"

"别抹眼泪了，老婆子，我都瞅见了。唉。"

7

我蹲在当院里看驴生小驴驹。先是出来一点儿，然后半截儿，黏糊糊、亮晶晶的，我鼻子里闻到一股不好闻的味儿。"啪"，小驴驹掉下来了，掉在爷爷铺好的干草上。大驴就拿脑门儿拱它，还伸出大舌头舔它，也不嫌脏。不一会儿小驴驹就站起来了，站不稳，随时要倒的样子。爷爷说，我刚学走路的时候就像个小驴驹，也站不稳，随时要倒的样子。

"小驴驹什么时候会跑啊，爷爷。"

"用不了一个钟点就能撒着欢儿跑啦！"

"那怎么我生下来不会跑啊？"

"你是人哪，人跟牲口不一样，人有爹娘带，抱着喂奶，扶着走路。牲口的爹娘没手，扶不了，抱不了。不光驴，牛啊马啊鹿啊凡是吃草的牲口生下来都得会跑，要不就让狼啊豹子啊老虎什么的给吃了。"

"那我爹我娘抱过我吗？"

"怎么没抱过。抱过。"

"那爷爷，我爹我娘啥时候回来看我呀？"

"快了快了，这就回来了，等你再大一点儿，他们就接你去城里念书。"

"小三子也跟我一块儿去城里念书吗？爷爷？"

"去里屋看看你奶奶热水烧好了没，瞧你脏的，比这驴驹都邋遢，去洗洗。"

"爷爷爷爷，我银娥婶子来了。"

我站在当院，小驴驹也站在当院，贴着它娘的肚子。银娥婶子跪在爷爷奶奶跟前儿啼哭，大声地哭，不停地哭，把我吓坏了。

8

"其实头一天德禄给我托梦了，没敢跟你说，怕吓着你。"

"托啥梦了，我天天烧香拜佛，又没做过亏心事，有啥好怕的。"

"梦里头他面目模糊，跟在雾里头似的，可我能辨得出是德禄。德禄说：'五叔，您和我婶子给我的好我可都记着呢，虽说我不争气，万人嫌，却也知道有恩必报。您二老对我的好，就算是我李德禄死了，魂儿也会记得。借您的钱您放心，我死活都得还上。'"

"后来呢？"

"后来我就惊醒了。回头一想，德禄咽气的时候，还真跟咱家那头青驴产下驴驹的时辰合。"

"莫非……老头子，你是说，咱家那小驴驹是德禄转世投胎的？"

"兴许是。"

"哎呀妈呀，我得烧炷香，拜拜菩萨去。"

9

"德禄德禄——"

爷爷冲小驴驹一喊，它就颠儿颠儿地跑过来。我摸它的小白鼻子，它也不躲，湿乎乎、凉飕飕的。还冲我喷气，可好玩了。

"爷爷你怎么管小驴驹叫德禄叔的名字啊。"

"这小家伙就是你德禄叔变的。"

"真的啊？"

"真的。不信问你奶奶。"

后来，小驴驹长大了，活蹦乱跳的，只肯让爷爷和我骑，别人要骑它就跟马似的尥蹶子。有一天爷爷骑着它去吃席，那家人的大马欺生，把我家小驴驹的腿踢断了，爷爷心疼得不行。那家人要赔，爷爷哪肯要人家赔。恰好席上有个给牲口看病的大夫，让我爷爷留下它，说他能治好小驴驹。后来爷爷领着我去看过小驴驹,它也不顾腿上绑着木头,脑袋直往我身上蹭——爷爷说那是"夹板"。等卸下夹板,小驴驹就又能跑了。

"你快点儿好吧,好了咱就回家去。"我跟小驴驹说。它就点点头,大眼睛潮乎乎的,还冲我喷两股热气,干草味儿的。很好闻。

那个大夫治好了小驴驹,可我再也没见过它,我有点儿不信他是不是把它治好了。反正他跟爷爷说已经把小驴驹卖了,他留了一半的钱当看病的钱,另一半给了爷爷。我哭着找爷爷要小驴驹,爷爷就哄我,给我买好吃的。我哭累了,就睡着了。

10

"蹊跷。"

"什么蹊跷,你这老头子,说话神神叨叨的。"

"小声儿些,别把冬儿吵醒,好不容易不哭了。"

"嗯。老头子,你说说啊,到底啥蹊跷。"

"瞧,这是镇上那兽医给我的钱,你数数——"

"不多不少,正好九百个钱。你是说……那驴驹还真是德禄投的胎?他这是给咱还账来啦?"

"是啊,你说他死的日子跟母驴产驹赶一天或许是碰巧,可你看这钱数都——看来还真是德禄啊,老婆子,要不你说天底下怎么会有这么巧的事？"

"我的妈呀，还真是……"

爷爷奶奶的话我都听见了。我装睡呢。

11

"爷爷，我都听见了，那小驴驹真是德禄叔变的？他真是变成驴驹来还咱们家钱的吗？"

"不是。我骗你奶奶的。"

"为什么骗我奶奶啊！骗人不好，你说过。"

"也不全是。"爷爷抬头看着天，天真蓝，"有的时候吧，骗人是好事呢。可别告诉你奶奶啊，来，咱爷俩拉钩儿。"

"拉钩上吊，一百年不许变。"

爷爷领着我到集上，买了好多好吃的。我分成两份，我自个儿留一份，另一半给小三子。我嘱咐小三子，让他再分成三份，自己留一份，另外两份给他俩姐姐。

《聊斋志异·卷四·寒偿债》

世上最丑的海难幸存者

异史氏曰：花面逢迎，世情如鬼。嗜痂之癖，举世一辙。

1

自从人类进入航海时代后，海难不胜枚举。飓风、海啸、隐伏的冰山，某种巨大的不知名海底生物被惊扰后的一次愤怒，都足以导致一场灾难。而这不过是其中一起，不同之处是发生在一艘恰好有我在的船上。

意识恢复后我发现自己趴在沙滩上，纠缠于一大片黏糊糊的绿色海藻之间。借回忆之机，我趴在原地，慢慢舒展四肢，让被风暴、海浪与惊惧褫夺一空的体力复苏。我最后的记忆是一排几乎有千层楼高的巨浪，就像一头巨型怪兽的上颚，一眼便知我只有被吞噬的份儿，逃生绝无可能。我翻了个身，按了按如鼓一般的肚皮，像鲸一样喷出一道高高的水柱，打个滚，躲过混合了胃液、胆汁还有一两条小鱼小虾及浮游生物的呕吐物。我起身，扯掉绶带般缠在我身上的海藻，向无边无际的丛林走去。

虽然足以使我迷失方向甚至丢掉性命，可丛林里有我急需的水源。顾虑于事无补，回归故土又太过渺茫，当务之急是解渴。呕吐过后，海盐的结晶仍然附着在我喉咙里，嗓子如同被曝晒的盐碱地般几欲开裂。

运气实在不错，除了避开一条黑曼巴射出的毒液，虚张声势地惊走一大一小两只猞猁，攀着树干引体向上加团身翻躲开一头獠牙野猪的冲刺外，只被蚊蚋叮了几百个包。还好我用上衣兜住了头脸，否则我蹲在水边时一定会痛惜自己的脸变成了烂草莓。循着水声，我找到溪流，我跪在岩石上，骡马般喝了个够。林间空气过分的清新越发凸显了从我身上散发出的味道，我脱得赤条条，跳进溪水中洗涤自己，然后爬上岸躺在光滑的裸石上休息。衣服半干后，我穿戴整齐，蘸了溪水，十指为梳理顺了头发，向下游走去。

我幻想此行会见到逐水而居的同类，似乎已嗅到了若有若无的炊烟味。

溪流渐渐粗壮如蟒，迟缓了些，再行不多时，俨然就是河的气势了。两岸林木葳蕤，却齐整了许多，不似先前穿过的丛林，藤枝虬结，密密匝匝，一派自生自长、造物绝不插手的原始。眼前这两岸的树，倒像是有人手植，赋予了秩序。

我的猜测是对的，炊烟袅袅不再是幻象，而是真切地在不远处的天空飘升。眼前一片村落显现。我驻足，以河水为镜，整了整仪容，向村庄走去。

2

发现自己置身于这蛮荒岛屿之后，我设想了无数种可能——

A，我会被猿类中的强者捕获，类似银背大猩猩的家伙把我折叠了塞在它的大屁股下，长啸一声，双拳擂击胸大肌以博取其子民的赞美，顺便震慑下隐隐有觊觎之心的其他雄性成员。死活不必说了，肯定不乐观；

B，我被野人捉了去，一雌性野人见色起意，不惜与反对的雄性厮打，最终把所有异议镇压将我纳为压寨先生，带领族群就此迈入母系氏族社会。每日她率众出外狩猎，我留守洞中，含辛茹苦抚养一窝半人半兽的小崽子。这事蒲松龄就写过；

C，有幸赶上业已开化的同类，恰逢该国开科取士，我轻松抢元，那海外君王屁颠屁颠地拜我为国师，我则以自己在中土习得的本事，帮他们整饬吏治，拔擢人才，兴修水利，加固国防，课之以农桑、教之以造船，造好之后得馈万金，在众人不舍的抽泣声中挥手自兹去，回到故乡后风头一时无两，被媒体称为当代鲁滨逊，回忆录卖出亿万版权……

结局C太过美好，如果是现实简直完美到了极致，然而世事难料，打死我也想不到发生在我眼前的是这般景象——

刚一进村，我就作了个四方揖——心想身处异域，虽然言语不通，人类的礼节总该大同小异，我想传递给他们的意思是：我不危险，我很可怜，遭逢海难，幸而未死，恳请良善的土著收留。待我直起身子，方要开口之际，却见众村民仿佛撞鬼一般，抱头鼠窜，嗷嗷叫唤着钻进家门，喊里咔嚓插门上锁。一秒钟前还喧嚷热闹的村子瞬间就如同墓地般死寂。

想我方才礼数周全，手中也无明晃晃凶器，又兼形单影只，这帮人何以怕成这样，倒激起了我的好奇心。心念至此胆子也随之壮了些，几个箭步，在街角将一迟缓老者的后脖领子一把薅住："跑什么，你跑得过我吗？"话一出口便即后悔，想我少壮，撵得上一龟速老者没什么可夸耀的，况且这么对老人说话，也忒不礼貌。于是我松了手，在老者背上轻轻摩挲——又一桩怪事发生，我的手卡住了，卡在老者的脊背上，此人竟跟骆驼似的，自颈以下，赫然一双"驼峰"兀立。心里一惊，本能地伸手在老者背上一推，抽出卡住的那只手，老者斜着身子打了个趔趄，倒卧于地。

此时才看到他的脸。该怎么描述老者的长相呢？我想说此人是丑到了极致，可是我用不了多久就会修正这一判断，那是后话，暂且不提——总之他的五官悉数不在本该在的位置，假如不是试过这老者太过孱弱，也许我真的会像女人那样尖叫起来。之所以没有失态，就是基于老者脸上的恐惧，分明是看到我之后才吓成这样的——显然是他怕我远胜我怕他。

此刻这老头已瘫软如泥，单只脖子尚有余力，死命低头，就像某种遇到危险的甲虫，尝试把身体团成一个球那样。

虽然不知他为什么怕我，却大可利用一下。我连哄带吓，以我认为的人类通用手语逼问老者实情，无奈之下他也以手语答复，两只枯瘦手爪比画得很不流畅，不过总算明白了个大概——

老者说，他是一村之长，寿活百岁，可称见多识广，都没见过如我这般丑陋可怖的东西，村民们就更没见过了。所以谁都拿不准我这生平所未见之怪物是要把他们蘸芥末生啖还是烤熟来吃。

老者还说，此岛实为一国，国名罗刹，该国辞典中，"罗刹"乃相貌绝美之意。我忍住羞愤，道："了然，翻译成中文就是'美国'。"老者手掌下按，示意我别插嘴，到底是村长，须臾间，胆气已有所恢复——老者继续比画，十指绽开做莲花状，抬起下巴，怪眼望天，丑脸上倾慕之情四溢："吾国以美为尊，达官显贵皆是姿容俊美，国君更不必说，老丈我昔日有幸在京城得睹龙颜，君王之美，世间无言语可以形容，天地无一物可供取譬，纵使——"

"这么说，我在你们眼中，"我单挑眉毛，瞪着他，"是个丑八怪喽？"

老者又是一颤，愣了片刻，眼珠滴溜溜乱转，一块不规则黄翳有如鹰隼的内眼睑。终于咬了咬下唇，讪笑着向我跷起拇指："极品，你是丑中魁首，与吾国君王恰是美丑之两极。"言罢直视着我，一副不说出来会憋死，干脆豁出去、情愿引颈就戮的德行。

倒把我气乐了——想我马骥，虽说比不上掷果盈车的潘岳、丰神俊秀的嵇康，也素有美男子之名，熟识的人都不喊我马骥，叫我"俊人"，也就是帅哥。怎么到了这罗刹国，就成了天字第一号的丑货。实在是令人哭笑不得，气为之沮啊，气为之沮。

化外之地的乡野村夫，懒得与他辩。此时肚子里叽里咕噜的，当务之急是告诉这老村长我全然无害，对人肉没兴趣（对长成他们这样的人的肉尤其没兴趣），仅仅是个遭了海难万幸没死的人，全部的念想就是赶紧填饱肚子，再帮忙找个能遮风挡雨的地方睡上一觉——"保证不白吃白住，"我比画着说，"我年轻，力气虽然不大，可也能干点力所能及的活儿——"老者撑起身子，一只枯手犹犹豫豫向我探来——那爪子令人作呕，我也硬生生忍住没动，以博取信任——那只手却很是过分，竟然直不棱登地杵过来，掀开我上下嘴唇，脑袋蜥蜴般上下左右移动，查探许久，才点了点头。想必是得出了结论，我的牙齿是属于杂食动物的，不具备生吃人肉的功能。

"只好到我家去。"老者说，"以阁下这副尊容，别人是万万不敢留你的。"

"多谢多谢。"我说。有个安身之所就好，"这副尊容"就"这副尊容"，管它呢。

3

就这样，我被村长收留，在这个完全陌生的地方安顿下来。有老村长出面，村民们也渐渐接纳了我，男人们有时还拍拍我肩膀，冲我龇出暗绿色的牙，那是他们的笑，我已见怪不怪。小孩子们还没有直面我的胆量，抓着大人的衣襟，露出半个小丑脸偷觑。大些的孩子胆子也大些，也学着大人的样子拍我肩膀，可到底还残存恐惧，总是拍不对地方。那些小爪子与我屁股的接触总是让我想到女人，可这村子里的女人跟我刚来那日别无二致，见了我就飞也似的逃。

我很乐意她们这样，因为，因为这些所谓的女人长得实在是太丑了，丑到我的母语根本无法备述其丑。即便是有朝一日我忘记了中土女子的样子，也不会借助她们来完成手淫。

自慰这种事倒不是很频密，我的精力大多用在了别的地方。这岛上盛产剑麻，我抽取纤维，搓之成绳，编织了该岛历史上的第一张渔网，当天就把这村子的捕鱼量提升了百分之三千五。此前他们用削尖的木棍叉鱼，十天半月也叉不到一条——我的待遇因此提高了许多，每天都有吃不完的海鲜，搞得我嘌呤过高，几乎引发痛风。村民们为表感激，每日都在村长家门口排队，手里托着鱼鳖虾蟹，跟祭祀似的。我揉着酸痛的掌指关节，问老村长他们为什么不干脆请我到家里去吃。

"因为都有堂客呀，我要不是个老光棍也不敢让你在家里住。"村长说。

"怕我强奸他们的女人吗？"

"是啊。"村长说，"我们这里不是越生得美越尊贵嘛，所以男人们能找到漂亮的就不找难看的，这样生下的孩子也会更好看些。最漂亮的，就有机会进城当官、改换门庭了。你长这么难看，他们就怕你乱了他们的种，所以才不请你到家去。"

"优生优育啊。"我说。

"你说什么？"

我本想说"你们还挺懂遗传学的"，他就更听不懂了，我告诉他对此我非常理解，并赌咒发誓不会强奸他们的女人。除非山无陵，天地合。

老村长是个善良人，嘴角下咧，绽出一丝丑笑："你还年轻啊，时间久了会憋出病的。"他托着腮帮两眼翻白，脑子里开始地毯式搜索，用思维的爬犁把他所认识的女人全部梳理了个遍，最后告诉我，村西靠海的崖上有个茅草屋，茅草屋里住着个女子，公认的全村最丑。"要是还没饿死的话，倒可以跟你撮合撮合。"

胃口被吊起来了，这个公认全村最丑的女人长什么样呢？我已魂游村西山崖上，老村长却还在唠唠叨叨，似乎讲的是那女人的身世，那女人的生母多年前坠海，在海里漂啊漂的，漂到了离这儿很远很远的陆地上，一去若干年。再回来时划着个独木舟，挺着个大肚子。"回来就生了，那婴儿落草就奇丑无比，问她孩子的爹是谁，不肯说，问急了，就抱着孩子跑到崖上，搭了个茅屋住，跟村里的人老死不相往来，我们也就不理她。又过了几年，那当妈的不见了，多半是死了，只剩下那丑八怪女孩子，我去找过她一次，想接济接济这孤儿，见她出落得越来越丑怪，就死了心。长成那样也只能任她自生自灭了，不能坏了规矩。"

"那你收留我，不算是坏了你们的规矩吗？"

"你不一样，你会织渔网。"

明白了，我属于那种有特殊贡献的丑八怪。

快天亮时，我梦遗了。我一边收拾自己，一边在脑子里搜索着我做的梦，可我一点儿也想不起来，这地方的夜太浓稠了。

我猜我多半是梦到了她。那个全村公认的丑八怪。

4

"喏，她就住在那儿。虽然有阵子没见到她了，可我觉着应该还活着。"村长说，"自己上去吧，我得回去了，祝你们——"他双爪合成，比了个不雅的手势，与此同时冲我龇了龇牙就走了。

已能看到茅屋的锥形屋顶，海浪拍击礁石的声音大得吓人。再往上走，茅屋的全貌浮出，干枯的淡紫色棕榈苫盖。再看吓我一跳，这草房居然还生了一双黑白分明的眼睛，直勾勾盯着我。

是个人，女人，有我所认知的女人的全部特征，线条堪称美妙。只是身上披着棕榈一样的东西，因此人与茅屋融为一体。她向我走过来，我才把她与她身后的背景区分开来。

她在我面前站定，睫毛几乎碰到了我鼻子。她用那双黑白分明的眼睛端详我，片刻后开口了：

"母亲说，我迟早会遇到自己的同类的。她没骗我。"

她的声音里有久违的柔美，我被这句话弄得莫名其妙的激动，我把她搂入怀中，亲吻她的脸，脸颊滑润如丝。她趴在我肩头哭了，眼泪是清亮的，不像村子里的人，我见过村子里的小孩哭，他们的眼泪像鼻涕一样黏稠，颜色青绿，仿佛菜青虫蠕动。

我们很快就做了村长临走时比画的那种事。自始至终她都很安静，安静地流泪，我听到自她喉咙发出的微弱呻吟，不知是因为痛苦还是欢娱。之后我与她赤着身子坐在悬崖边，让海风吹干我们身上的汗。她的皮肤与肉体没的说，光滑柔嫩酥软，不输中土女子。她的脸其实仅仅够得上中人之姿，甚至在我的审美里还偏丑。不过总的来说已经很不错了，在罗刹国得遇此女，福分不浅。

"带我走吧。"她望着大海的尽头说，"母亲说，我父亲就在海的另一边，尽头就是一片大得超乎想象的陆地。她说：'孩子，你不属于这儿，你应该回到你父亲生活的地方。'"

我立即答应，那也是我的想法。

不过我告诉她，村子里那种独木舟是不可能把我们送到那片大陆的："我得进城去，只有你们的国王才有能力造出一艘有桅有帆，可远航的大船。"

"他们的国王。"她勾着我的脖子，道，"不是我的。"

第二天，我带她走下悬崖，走进村子。

两个丑八怪的搭伙出现引发了小规模骚动，不过村民们已有足够的免疫力，不再关门闭户。女人们也不再怕我了，远远地站着，冲我俩指指戳戳。她们觉得自己安全了，既然男丑八怪找了女丑八怪，就不大会去强奸她们了。

我牵着她的手，颉颃傲物，一路昂首挺胸进了村长家。从悬崖上下来时，她裹足不前，她说她有点儿害怕。我说你怕什么："你看看你的乳房、大腿和小圆屁股，都是她们没有的，村里的女人，乳房像褡裢、像钟摆，嫌甩来甩去不便的，就扯到腰间打个结，当缠腰布使。大腿简直没法看，还不如桌子腿更能令我兴奋。屁股尤其差劲儿，山涧里的乱石也比她们的臀部更让人想入非非。所以啊，该自惭形秽的是她们，而不是你。"

我跟村长说，我要带她走，去城里找国王弄艘大船。村长正在喝苦艾茶，一听就呛了，喷我一脸。"什么什么？找敝国国王要船？"我抹了把脸说是。"断无可能。"村长说，"你又不是美男子，可以给国君当男宠，她也不是美人儿，可以给国君当嫔妃，那么，就凭你们二位，他为什么要给你船？"

"那是我的事。"我说。见我坚持，村长也不好再说什么，就转了话头说要召集全村村民为我们送行。仪式排场不错，男人们手里提着一串垂到地的紫色豌豆，他们管这玩意儿叫砰砰豆，男人们一手提了，另一只手拇指食指捏紧了顶端猛地往下一捋，豆子就跳出豆荚，发出和鞭炮一模一样的噼噼啪啪声。男人们放着"鞭炮"，撵着我俩的脚后跟，欢快得如送瘟神。

村长的老脸上挤出一副依依不舍的样子，我也配合着他，努力自面皮下浮现出伤别离的情绪。其实我知道他心里挺高兴的，我俩走不了多远他就会一蹦老高。我带她走后，全村的负担就减轻了，每隔半年就有上面派下来的罗刹指数评估官来评估一番，该指数与税负挂钩。村长和我闲聊时透露过这事儿。何况编织渔网的技术他们都会了，我也不再有什么用处。

"假得要死。"走得远些了，我揉着僵硬的脸，啐了一口。"假和丑是一对兄弟。"她说。

我颇为吃惊，她说这是她母亲生前跟她说的。我猜她母亲多半是从她那未曾谋面的父亲那听来的。

就这样，我和我的女人一路说笑，沿途饥则食渴则饮，困了就找个地方睡下，想了，就做做淫邪之事。非止一日，抵达罗刹国都城。

5

想我也算是走南闯北见多识广之人，丑陋的城市、令人作呕的建筑也见过不少。其中之"翘楚"是一幢福禄寿三星形状的大楼，可谓丑中之冠。不过要是把"福禄寿"搬到此地，该算是好看的了。简言之，此处的楼房屋厦，要多难看有多难看，却因为与城中居民的相貌极其匹配，倒显出分外的恰当来。

进城之前，她建议扯下衣服包了头，或者找些锅底灰什么的涂抹头脸，以免引发骚动。我说大谬不然："咱就以本来面目进城，如此这般见到国王的概率才会大大增加。"她脸上狐疑，却使劲儿点了点头。

进城之时已是正午，街衢之上饭菜的香气缭绕，我俩腹内齐鸣，不禁相视而笑。这一笑不打紧，行人惊呼尖叫如鹊起，手提、肩扛之物坠落，狼奔豕突，仓皇而逃。我正乐得如此，大摇大摆踱进饭馆酒肆，抓起糕饼肉蔬往嘴里塞，她也调皮得紧，有样学样，手捏一鸡腿，抬脚踏在板凳上，颇有些吃霸王餐的风范。食客与店伙逃窜得狼狈，我与她则旁若无人大快朵颐。

被我言中，我俩捧着肚子打着饱嗝刚刚迈出店门，就见足足一百个带刀执戟的卫兵，组了个扇形围住门口。这些卫兵虽手持利器，身子却止不住地筛糠，周身上下叮当作响，跟乐队似的。因此不像是拿人，倒像是围着篝火跳舞。我不惧反喜，操着罗刹语跟居中那个貌似领头（好认，最难看的那个官阶最高）的说：

"速速带我们去见国王，就说有宝要献。"

大概是被我的气势唬住了，领头的呆愣片刻，与左右耳语两句。不多时，有卫兵手提竹筐似的东西，远远地丢过来，领头的示意我俩各取一筐，扣在头上。我抱了抱她，唇凑到她耳边说："有我在，别怕。"然后俯身拾筐，轻轻罩在她头上。柔软的灰色光线笼罩之下，她的眼睛湿润而明亮。她弯下腰，摸了筐子给我扣上。隔着缝隙我俩对视一眼。

这时有人走到我们身前，"哗啦啦"以铁链缚住，牵着我和她前行。

我猜那些押解我们的卫兵一定是被我们仿佛交换婚戒般的仪式感给震撼了，要不然他们不会如此安静。罩在昏暗的筐里，我只能听到自己的呼吸声和卫兵们整齐划一的脚步声。

两个丑八怪之间竟然也能产生这么柔情蜜意的化学反应，怎么可能？

6

应该是王宫到了，卫兵头儿喊了声"立定"，我和她也住了脚，倾听着四周的动静。

领头的禀报完毕就退下了。只听一个嗓音如砂纸摩擦般的人在说话，听口气像是个颇有话语权的近臣。此人正在劝说国王王后服下一剂药，药名奇特而冗长，听不大懂，但功效大抵相当于硝酸甘油、速效救心一类的东西，目的是预防国王与王后一睹我俩真容之后被吓成心梗。再听，似乎是王后老老实实把药吃了，国王却死活不肯吃。劝说的人渐多，鸡一嘴鸭一嘴，仿佛这不是王宫而是满是蛤蟆的池塘。再听，王后也加入了劝说者的行列，其声尖厉刺耳，像鹳鸟被捏了脖子，不忍卒听。如此这般，国王才老大不情愿地服了药。只听国王嘟囔了几句，大意是寡人乃一国之君，怎么会怕两个区区丑怪之物。嗓音沉闷，很是特别，与之最接近的是猪哼哼。

王宫内一时间静谧无比。筐被取下，我和她重见天日。

当我的眼睛重新适应了明亮的光线，目能辨物之时，殿内已是乱作一团。两侧奇形怪状、头戴峨冠身着官服的生物尽皆抖作一团，有的凄厉哀号，有的两股战战，长袍之下，还不断淌出不名液体。上方正中的大理石台阶之上，一头镶珠王冠、蟒袍玉带的貘，与它身边一条霞帔凤冠、百花裥裙的湾鳄紧紧搂抱在一起，以同一种频率和速率哆嗦着，二者臀下的王座发出即将崩塌前的痛苦呻吟。

貘是国王，湾鳄是王后。准确地说，国王不是貘，王后不是湾鳄，假如你看到过这两种生物，还是可以从它们身上发现造物之美的。然而这二位……

我听到身后甲叶清脆而急促的声响。殿外的卫兵闯进来试图救驾，却发现我与她原地未动，没有丝毫要暴起伤人的迹象，所以也没朝我们身上递家伙。So，该是我发言的时候了。

"陛下，您想必看出来了，在下虽然……生得丑陋，却根本没有伤人之意。因此也请您与王后莫要害怕，当然，您这也并非害怕，最多算是吃惊——需要强调的是，我不仅没有恶意，还给您带来了个宝贝，特此献上——"

那貘王兀自还搂着湾鳄，阳具似的鼻子一伸一缩，惊魂未定地问：

"什什什么宝贝。"

"喏，"我以头作指，向她微侧，"就是这个女人。"

"她她她怎么是宝贝？"

"不仅是宝贝，而且是能造福陛下王国千秋万代，永延帝祚的无上至宝。"我能感觉到，她似乎在看我，她被我弄糊涂了，她母亲不可能预言到此时我所说所做的一切。当我走进宫殿之后就已决定，再也不看她一眼，再也不与她对视。

貘王终于松开了他的湾鳄王后，渐渐恢复一位君主应有的坐姿。王后的前爪捂住胸口，喘息兀自未停，鳄吻上一个泡泡颤颤巍巍，"噗"的一声爆裂开来。我定了定神，说道：

"为什么这丑八怪女人能造福王国呢？很简单，因为她是丑中极品，整个罗刹国也找不出第二个。还有，此女之母与外邦之人通奸，才生下的她，因此其罪不止于丑，她的存在本身就乱了罗刹王国的法度，秽乱了罗刹人的纯正血统。不过万事有弊就有利，陛下正可把这女人关进囚笼，在贵国全境巡展，传谕四方百姓，让人们知道什么叫美丑媸妍，什么叫高贵什么叫卑贱，借此展示丑而宣传美，简直是一堂流动的、完美的美学教育课呢！何乐而不为哉？"

我知道，她正向我扑来，犹如怒气冲冲的豹子，她被卫兵摁在地上，她的哀号与哭闹显现出一半罗刹血统的特质。我上前一步，继续道：

"陛下，综上所述，这女人是不是个价值连城的宝贝？"

7

我的身份变成了罗刹国国王的客卿，VIP待遇。与此同时，那个女人已开始在罗刹国州府郡县的全境巡游。

不急，待时机成熟之后，我再跟那貘王提造船返乡的事。

因为杰出的、创造性的特殊贡献，我有了一座豪华府邸，佣人仆妇无数。每日有王公贵族宴请，向我请教中土先进的登龙之术、厚黑之学。我便敷衍着，随便指点一二已尽够他们用的了。"学生"们赠送的金银玉器，我照单全收。

貘王也每每把我请到宫中，吃酒聊天，谈的多是些如何帮他江山永固之策。我有求于他，因此不敢敷衍，连东厂西厂锦衣卫的架构都图文并茂地讲给他听。湾鳄王后初时还有些怕我，慢慢也习惯了，某日居然拽来三十多个公主让我挑。

"血统，血统，望王后三思！"多亏我吼了这一嗓子，才打消了她要招我做东床快婿的念头。

实话说后来我有点儿后悔，其实……那个长得像土拨鼠的公主长得还是……看久了还是蛮顺眼的。

然而当晚我就在梦中惊醒了，我梦到了她。

醒来后周身冷汗，我意识到在自己身上发生了可怕的变化。我知道不能再等了，我要回家，回我的中土。

"你要走？"貘王问。

"没错，陛下，我得回去了，罗刹再美，终究不是我的家。"话一出口，就意识到我犯了严重的错误。我只能在心中暗暗祈祷，盼着以貘的智商，听不出这句话的潜台词。

可他毕竟不是貘。

"准了，"他说，"寡人答应你，派人给你造一艘有桅有帆的大船，船长、大副、水手、厨师皆给你配备，送你回你的中土。不过——"

不过在我出发之前，他要找最好的医生帮我美美容，赐我一副罗刹贵族的面孔。

"这是我能想到的，给你最好的报答。"他说。

如今我已回到故乡，砸掉所有的镜子和反光之物，我把自己关在屋里，写小说。这是我能想到的，唯一一种不用见人的事。

《聊斋志异·卷四·罗刹海市》

父亲的笑

　　某月某日某城市的某条街道，发生了一起自行车与轿车的剐蹭事件。这种事实在平常，在这国家的每个城市的每时每刻都可能发生，像这样连事故都算不上的事大都会轻易被解决，当事人的生活继续。第二天又会有相同的事在不同的时间与地点重演。

　　上帝说：太阳底下，并无新事。

　　假如这事儿不是发生在你身上，甚至不值得你驻足围观。现在你该猜到些了，这件原属平常的事和我有关。那个骑自行车的人是我爸，那辆轿车的主人是这个城市人尽皆知的大人物，那道从右车门贯穿大半个车体的划痕，是我家凑凑也赔得起、可想一下都心疼得要死的一笔钱。

　　现在多半有误解在你心里产生了。你一定以为，这是个事关弱势与强势、穷人与富人、欺凌与被欺凌的故事。你错了，你陷入了你的思维定式，其实我要讲给你听的故事，与此时此刻你心里所想的一切都无关，只与爱有关。

121

对了，就是爱。

我爱我爸。这没什么可说的，我知道这世上有人不爱自己的父亲，甚至恨呢。可大多数人是爱的，我就是大多数之一。而我对父亲的爱也没什么可说的，也就是寻常的父女之情，跟你，跟你的街坊邻居没什么不一样的。尽管我能写出可以让你读了落泪的、什么父爱如山的文章，可我不写。不光是我必须不能去写的原因，主要是因为我并不觉得我对父亲的爱和你和他和这世上的别人有什么浓度上的不同。

只是爱。一个普通的女儿对普通的父亲的普通的爱。

回到那场事故吧。父亲的自行车剐蹭了轿车。豪华轿车。我不在现场，可我在十公里外就能看到父亲的恐惧，那种类似闯祸男孩的恐惧。他在心里迅速估算了这个"祸"的价值，日子过紧点，也赔得起，但，割肉般地疼。于是父亲抵赖了，他拒绝承认是自己全责，就算是负主要责任，也是因为躲一辆飞速驶过的电动车，那个骑电动车的人怎么说也负有连带责任。

实际上，那个骑电动车的人未必存在。

没人比我更了解我爸，我对他的了解超过我妈。母亲易怒的性格使她在大多数时候都无法冷静思考，当然也就没办法做出正确的判断。可我不是个易怒的人。从来都不是。

父亲耍赖的样子至今还在我脑子里，像个即将倒地打滚儿的孩子，这让我想哭，没人在旁的时候也真的哭了出来。可是他死我没哭，一滴泪都没掉。

是的。父亲死了。从车上下来两个人，男人。争吵升级，之后那两个人动了手，父亲倒地不起。后来有现场目击者说，满脸是血躺倒在地的父亲奇怪地笑了，或者说，笑得有些古怪。另有人却说，那不是笑，多半是中风后的口眼歪斜。

错。是笑，肯定是。我不在那儿，可我在十公里之外都能读出我爸那时心里的话——

好啊，这就对了，你们把我打坏了，正好正好，不用赔你们钱了。耶。

他就是这么想的。那时我在屋里，电视上，郭芙蓉说：确定一定以及肯定。

"不用赔了。"这是那两个人上车前留下的话。现场围观的人说，大人物始终没有下车，只是摇下小半个车窗，以小半张脸直面了我父亲一生的终结。

车开走了。有人打了120，父亲被送到医院，抢救无效，死亡。

我和母亲哥哥赶到医院时，父亲尚有余温，但的的确确是死了。

母亲开始号啕。哥哥的脸猪肝红。

然后是警察，法医，鉴定结果是：突发性心梗导致的猝死。还有一行字，"死亡前曾与他人发生口角争执，但非直接诱因"。再然后是起诉，立案，庭审，判决书上写着："被告方与死者生前曾发生口角与肢体接触，不足以导致商士禹死亡，但负有一定责任。"

大人物派人送来五万块钱。"我爸一条命就值这点儿钱？！滚！我们上诉，咱法院见！"我哥把那个装钱的包扔在来人的后背上。那人回头笑了笑，走了。

我捡回来。把包交给母亲。哥没吱声。

我哥开始准备上诉。我不拦他。律师费会拦住他的，人民的法院也会拦住他的。

我哥买来个大冰柜，把父亲放进去，还盖上了一床棉被。父亲的笑容隐约还在。可我现在猜不出他在想什么了。

不告了。

半年过去了。"火化吧。"我说。我哥抽了一阵子烟，点了头。

我继续上我的学。除了没了爸爸，一切如常。

再然后，大约在父亲死后将近两年时，大人物最后一次上了电视。他的尸体在一家酒店的房间内被发现。服务员数次敲门无人应，就打开房门，见客人还在熟睡，又悄悄退了出去。第二天敲门还是没人应，觉得蹊跷，就又进了房间，发现客人还保持着昨天的睡姿。服务员捏着被角，掀开被子，险些给吓死。

她看到的是一个保持侧卧睡姿的尸体，脖子被切断，只剩下白生生的颈椎和脊柱连着。

我干的。

一个俗套的爆米花电影式的复仇故事。女孩为报父仇，跟踪并摸清了大人物的行踪，在其常去的某会所应聘陪酒女郎，制造机会与大人物相识，色诱成功，并最终在酒店房间内趁其酒后酣睡手刃仇人。

这之后我把自己和大人物的性爱视频快递给后者的妻子，并附言：人是我杀的，不要骚扰我母亲和哥哥。这仅仅是副本，否则……

她知道省略号省略了什么。

直至今天我还在逃亡中。他们的追捕似乎并不积极。

现在我在贵州，黔东南一个傍山的苗族小村子，景色绝美，空气清冽。在这里，我是个不会说话但是能生娃的傻子。此时我正坐在杌凳上，嘴角淌着口水看着电视傻乐，郭芙蓉说：确定一定以及肯定——我喜欢《武林外传》，百看不厌。

我的男人，五十出头的前老光棍卯鲁老六正在喝酒。等晚间新闻播完，他就要肏我了。天天肏。这老苗子，身子骨可真好。

炉灶边坐着我快八十岁的婆婆，瘪着漏风的嘴哼唱着花苗的古老歌谣，老人佝偻的身子摇晃着，怀里熟睡的，是我给卯鲁老六生的娃。

婆婆不让我抱，因为我若疯起来连亲生孩子都摔的。

《聊斋志异·卷三·商三官》

新陈代谢

知道陈代吧。

陈代？这名有点耳熟。

就咱们厂那个绘图员，戴个眼镜，胳肢窝总夹个包，看上去呆头呆脑的那个。兄弟你停薪留职有几年了，不过也应该有印象。

你这么一说我还真想起来了，好像就住挨着变电站那栋楼，有个瞎老娘，是吧？

没错。他就是陈代，大院里的坏小子们给他起了个外号，叫"新陈代谢"。喊他也不恼，还笑，夸坏小子们书念得不坏。

有点儿意思。他咋了？有啥新鲜事说来听听。

跟你说了你可别往外传啊，咱可不能学厂里那些老娘们儿整天嚼舌根子。

什么话，我你还不知道吗，什么事到我这儿就算是烂肚子里头了。说吧，这个陈代咋的了？

陈代啊，陈代戴绿帽子啦。他媳妇你知道吧，二纺的，个挺高，走起路来跟模特似的。看大门的大胡子老贺说："你说这女工们穿得都是一个色一个样式的工作服，可你一眼就能把她从人堆里挑出来。"老贺还说——

　　花晓放。就知道是她。她是陈代的媳妇？这不鲜花牛粪嘛——

　　是啊是啊，老贺就说花晓放跟了陈代可真算是一朵鲜花插牛粪上了，哦，不对，他说的是猪粪，老贺在青海插过队，他说："牛粪是个宝，能烧火做饭还能取暖，猪粪腥臊恶臭，除了沤肥没屌用。"

　　老贺那嘴可真够损的，人家陈代好赖是个绘图员，吃技术饭，总比咱这整天一身臭汗的工人强吧。

　　是有点儿损。可也不光是老贺这么想，厂里认识他俩的也都明里暗里这么说。听说花晓放老家是十八里堡的，农转非就是陈代他爹给办的，老头子活着的时候当过咱们厂的书记，有权，估摸着花晓放就是这么嫁给陈代的，不过他俩怎么认识的我就不大清楚了。

　　嗯。拣要紧的说，到底是谁给陈代戴的绿帽啊？

　　不是我卖关子，这事还真他妈蹊跷，三言两语说不清。你认识厂办的王美丽吧，屁股特别大的那个，这事最早就是从她嘴里传出来的。王美丽住陈代他们家隔壁，她说有天倒休，在家里洗衣裳，晾上衣裳就睡午觉，没睡多一会儿就给吵醒了，开开门听，清清楚楚是从陈代他们家传出来的。王美丽说："那叫一个浪啊，听得我耳根子都发烫了，大晌午的两口子就干那事，也不嫌丢人，干那事就干那事吧，还弄出那么大动静，屋里头可还有个瞎老娘呢！老太太是瞎，可耳朵不聋啊！"又一想王美丽觉着不对，按理说陈代是坐办公室的，长白班，花晓放是三班倒，又不是礼拜日，陈代应该不在家，那她这是跟谁呢？

王美丽还真有闲心，蹬上自行车就跑到厂里，推开门，见陈代正一丝不苟地绘图呢。王美丽就话里有话地问："陈代你没回家吃饭啊？"陈代傻头傻脑地回了一句："带饭了，我平常都带饭。王姐您有事啊？""没事没事。"王美丽掩上门就又回家了。

这个王美丽，回去捉奸了？

没。王美丽还真没那个胆。也就偷听呗，每天都溜回家，听会子再跑回厂里。听了几回听仔细了，叫床的是花晓放的声音没错，却没听见那个男人的动静，连个喘息声都没有。陈代那瞎老娘也在家，每回都呼噜呼噜，睡得死死的。你说这事蹊跷不蹊跷。王美丽就留了心，大半夜十一点多起来，把门开个缝，瞅见花晓放出门上班，拿钥匙插进锁眼，旋一圈把门锁上，轻手轻脚下楼，也没啥不正常的，只是锁上门一转身打了个哈欠。"这小浪货，打个哈欠都那么勾人。"王美丽说。

嫉妒了。也难怪，起个名儿叫美丽可是跟美丽一点儿也不挨边。

呵呵，是啊。这王美丽不光不美丽，嘴也欠，到了把这事给捅厂办了，弄得满世界风言风语不说，书记厂长都知道了。领导觉着影响不好，就找陈代谈话，碍着老书记的面子，无非就是想让陈代解决好家庭问题，那个词叫啥来着？嗯，"淡化处理，消除影响"。结果不谈还好，这一谈就谈出鬼来了——

鬼？啥鬼？

鬼就是鬼啊。给陈代脑袋上扣绿帽子的就是鬼。不信是吧，说实话我也不信，可是架不住陈代讲得活灵活现，而且还有硬邦邦的证据呢。我可是亲眼瞧见的。

什么证据？还硬邦邦的，你接着说，我不插嘴了。

咱们这拨人知道的没几个了，大院里的老人们应该都记得。咱们厂的西头，也就是二动力车间那块儿，原来有个庙，破四旧的时候给砸了，剩了些残垣断壁。后来建厂，拆干净了。陈代说，鬼就出在这早就没了影儿的庙里。

陈代跟领导说，他妻子是个本分女人，漂亮是漂亮了些，但模样生得好并不代表就会水性杨花勾三搭四。陈代还说，他和花晓放感情很好，平日里连拌嘴都少有，说不上举案齐眉可也差不多。陈代说花晓放也很是孝敬他那瞎眼老娘，家里有好吃的都紧着老娘，空了还扶着老太太遛圈儿晒太阳，暖做棉寒做单，亲闺女也不过如此。陈代还说，他呆是呆了些，可是不傻，知道厂子里有不少登徒子垂涎花晓放的美色（到底是文化人，还挺会转文，登徒子就是流氓吧?),花晓放却从不为所动,连正眼都不肯瞧一下。陈代还红着脸小声说,他和花晓放的夫妻生活也和谐美满,只是因为房子不大,两人整那事的时候都不大敢出声,他那老娘眼是瞎,耳朵可不背。"所以,王美丽听到的白昼宣淫,那种不堪入耳的声音,根本就不可能是我家花晓放在正常思维状态下发出的声音,极有可能是被迷奸,迷奸和通奸还是有本质区别的。"陈代说,所以,迷奸花晓放的,当然不会是人,极有可能是鬼。更何况,瞎眼老娘的昏睡也事出蹊跷,显然是以鬼魅手段让老人家昏睡过去,好掩人耳——他老娘瞎,目是不必掩的。

陈代听说这事后就问了花晓放,陈代说妻子对此茫然无知,陈代说那双美丽的眼睛里除了无辜没别的。

后来陈代决定亲自捉鬼。那天跟主任告了假,中午回到家,在门外就听见了王美丽听到过好多回又跟别人学了好多回的声音。陈代轻手轻脚开门、进屋,先去老娘的小屋看了,见老人睡得沉,呼噜呼噜的。转身到厨房拿了擀面杖,正要挑帘进屋,就听见有人压低了嗓子说:"不好,有生人气。"陈代就冲进屋,却只瞧见床上衣衫不整的花晓放,两只白嫩的脚颤巍巍翘在虚空里,陈代就堵在门口,举起擀面杖胡抡一气,只听得虚空处一声闷哼,便再没动静。陈代继续胡抡了一阵,胳膊抡得麻胀了,才撂下擀面杖,搂住还在抖个不停、俏脸潮红的媳妇,摩挲背,好一阵子才平静下来。问她,照旧是一双无辜的、懵然无知的眼睛。

陈代说，屋里有一股子好久都散不去的土腥气。

这不赤裸裸的封建迷信嘛，领导英明，怎么可能相信。"你们不信是吧，好，跟我来。"陈代就头前带路，引着书记厂长保卫科长来到二动力车间西侧一个防空洞的洞口。防空洞是六十年代末建的，洞口的斜坡上还隐约能看见"备战、备荒、为"几个红字。这洞口早年没上锁，孩子们总是钻来钻去，从这个洞口进去，另一个洞口出来，据说最远的一个洞口能直接通到市委大院。

我钻过。我胆小，里头黑漆麻乌的，没敢走太远。

是啊，我小时候也钻进去过。后来厂里怕孩子们闯祸，就装了铁门，焊死了事。那天我也跟来了，还有几个工人远远地跟着瞧热闹。就见陈代跟领导连说带比画，领导就招手，让我们把门打开，腿快的就跑回车间取工具，火花滋啦滋啦的，没几下就切割开了，推开锈迹斑斑的铁门，陈代第一个进去，我和几个工友也跟在后面下到洞里。尘土在手电光的光柱里跳来跳去，一股子土腥味儿。

在离洞口十几米远的地方，陈代停下脚步，手电光停在地上一个东西上，看轮廓像是个趴倒的彪形大汉。我们也照，七八支手电的光足够把那东西看清楚了——

是个泥像，铠甲丝绦已经褪了色，略略能看到残存的红靛蓝，蹲下细看，后脑有个裂口，露出黄土和发白的麦秸。裂口处的土腥气直冲鼻子。"就是这个东西。"陈代说。

我们几个合力把泥偶翻过来，见它两眼凸出眼眶，双眉入鬓，胡髭的墨色还在，龇着牙咧着嘴，像是疼的，又像是正在发火，看着挺狰狞。

　　"这是韦陀。"陈代捏着手电四下里照，"没看到杵，老人们说那根降魔杵是紫檀镀金，估计早让人给偷走了。"

　　"你们瞧，这东西后脑上的豁口，应该就是我拿擀面杖抡的。"陈代最后说。

　　讲完了？后来呢？

　　后来就不断有人跑到防空洞口烧香，厂领导不想让人传播封建迷信，就干脆把洞口拆除填平了，种上了树。再后来王美丽说她又忍不住听了陈代家的房，不过啥也没听到。前阵子听说花晓放怀孕了，估摸着快生了吧。你说这孩子生下来会不会跟韦陀一个模样？

　　哈哈。有可能。

　　讲新鲜事的人走了。我还想在池子里泡一会儿，脑子里花晓放的大白腿一颤一颤的。我觉着这个叫陈代的当个绘图员屈才了，他真该去写小说。

《聊斋志异·卷四·泥书生》

大师与鼠妇

你年轻过你就该知道，除了那些叼着什么金勺子啊金钥匙出生的，谁没过过我们那种日子。那时候金世成和我在县城北郊的小破屋里，在两张单人床拼起来的、翻个身就吱吱呀呀的床上干那事。每次他都把毛巾团成个团儿让我咬着："床叫唤就行了，你就别叫唤了，再把警察招来。"他说我叫起来跟闹猫似的。"猫都不如你动静大。"唉，我也就畅快地叫过那么一回，哪有床啊，那天是在大野外，除了探头探脑的野兔子就我俩。弄完了，他搂着我后脑勺，帮我择后背的草梗。出了一身汗，背上钻心疼。他捏着颗蒺藜让我看，刺上还穿着我的血珠呢。我就哭了，可我不是疼哭的，我哭是因为我觉得自己连猫都不如。一哭我就想回家，爹托人捎了好几次信了，我老是犹豫，我舍不得他。金世成挺心疼我的，更何况打他把我从发廊带出来那天起，我就知道他不是一般人，早晚是要成事的。成大事。

他跟别的客人不一样，别人来洗头，我胸脯一顶他们后脊梁，就知道他们下面硬了，想操我。金世成不是这样，他也想操我，但是那不是主要的，因为洗着洗着，冷不丁的，他就把又湿又凉的后脑勺靠我胸脯上了，像个小猫小狗。

不知怎么，我眼泪一下子就出来了。

他大男子主义，我俩搬到一块儿住后就再也不让我上班。他每天去"老馆子"上班，颠大勺，每天回来都油脂麻乌的。他爱干净，不管多困我都起来帮他擦澡，打香胰子，把他弄得香喷喷滑溜溜的再上床。辛苦了一天，累成个狗样，金世成精神头儿倒还挺足的，香喷喷了就跟我弄那事，猴急猴急的，不过再急他也忘不了往我嘴里塞毛巾。真的，他比我还爱干净呢，不像个农村出来的，毛巾每次都给我洗过，咬在嘴里香香的。他还逼着我早晚都刷牙，有时候我犯困犯懒不想刷，他就打我屁股。还要我刷够三分钟，时间不够也打我屁股。他还学广告里那个胖子逗我："牙好，胃口就好，身体倍儿棒，吃嘛嘛香。"学得可像了。刷了牙洗了脸我俩就睡觉，睡不着的时候就看VCD，他指着电视上外国人那种大别墅说：

"将来哥让你住上这样的房子，带游泳池的。"

"将来哥让你开上这种小红车，法拉利，捷达桑塔纳算个屁。"

"将来哥带你去欧洲美国玩个遍，不怕冷咱连南极都去。你不是喜欢熊吗，哥给你整个真的小白熊玩儿。"

他给过我一个小熊，庙会上套圈套来的。我喜欢，金世成不在家的时候我就抱着它睡觉，我亲小熊又黑又滑凉飕飕的圆鼻头，我俩将来有了孩子我也这么亲他。我相信他早晚会有出息，可他说的那些我不信，所以他一说胡话我就捏他鼻子，说："去吃屎——"我是笑着说的，因为虽然实现不了，想想也挺高兴的。

"去吃屎"算是我的口头禅吧，我是跟我三婶儿学的。我小时候，老有坏小孩欺负我，打不过他们我就哭。一哭我就去找三叔，三叔最疼我了。那时候三叔嘴唇上毛茸茸的，要长胡子了——谁要是欺负我，他就领着我去找那人算账，然后就把欺负我的小孩举起来，不管多重多胖的小孩，三叔都只用一只手，举得可高了，每回我都得使劲往后仰脑袋才能瞧清楚坏小孩的脸。那时候觉着可奇怪了，我三叔把坏小孩一举起来，他们就变小了，本来可是个子挺大的。"再欺负我们家妞子我就摔死你。"三叔可会吓唬人了，坏小孩在半空里有的哭了有的没哭，反正不管哭不哭都会点头保证，这时候三叔就用空着的那只手，掐着坏小孩的胳肢窝，把坏小孩轻轻放地上。可能是欺负我欺负得不厉害吧，反正三叔哪个小孩也没摔过。有时候我在气头上还过不去呢，特别想让三叔摔他们一下，真摔。那天就是，我记得我去找三叔，一边哭，一边把拳头攥得紧紧的，就像是掐着坏小孩的脖子似的。心想我要是有三叔那么大劲该多好啊，自己撂他们更解气。可这回看来还真得我自己去报仇了，三叔不会管我了，他正和我三婶儿亲嘴呢。不对，那会儿她还不是我三婶儿，我叫她霞姑姑。不过我三叔早就指着霞姑姑的后背悄悄跟我说："妞子，瞧见没，那就是你三婶儿。"三叔亲着亲着就低下头，脑袋跟我家小猪似的一个劲儿地拱，嘴里还哼哼唧唧的，更像我家小猪崽了。三婶儿就推了三叔一把："去吃屎——"

我的口头禅就是这么来的。三婶儿骂三叔的时候眼睛说不出来得那么好看，鼻子头还往上皱一下，别提多好看了。后来我在电视里看见了个眼睛啊、表情啊，都跟我三婶儿一模一样的——《红楼梦》里的王熙凤。我指着电视说三婶儿你看你像不像你——三叔也说像，她就又那样了："去吃屎——"

三婶儿吐三叔一脸瓜子皮："王熙凤是个坏人，我坏吗？"三叔就嘿嘿嘿地乐。我也跟着乐。

反正后来我就学会了，连三叔都说特别像："你倒像是你三婶儿生的。"他这么说我不恼，还挺高兴的。三婶儿比我妈漂亮，对我也好。再后来就说习惯了，一说胡话我就让金世成"去吃屎"。他喜欢我"骂"他时的样子，他说我骂他的时候最好看。他也像我三叔那么坏，我一说这个他就说"遵命"，然后跟我三叔似的，拿鼻子把我衣服拱开，含着我的乳头小孩吃奶似的吧唧吧唧地嘬。差不多那是我最幸福的日子了吧，我哪里想得到他有一天真的

136

会去吃屎，还是在大街上。

让我想想在他干出那事之前发生了什么。其实也没什么，就是丢了颠大勺的工作。因为他把老板打了。打老板的原因是因为他先把俩吃饭的打了。简单说吧，就是那俩吃饭的是这一带的混混儿，好多人都知道他们，金世成也知道。那俩人从水煮肉片里夹出个潮虫来，水煮肉片是金世成烧的。"那个王八蛋拿筷子夹着潮虫让我看，小细腿儿还抓挠呢，水煮肉片又辣又烫的，什么虫子也活不了啊，一看就知道是刚从墙根儿抓了放里头的。"金世成说，"我拆穿了那俩王八蛋，他们脸上就更不好看了，蹦起来抽我嘴巴，骂骂咧咧的，我心想我就忍着吧。他们动手打我就好办了，菜钱就不用退了，老板也就不会扣我工资。老板说让我跟客人道歉，我就道歉了，虽然我冤，哪知道——"

哪知道那俩混混儿还不依不饶的，不仅让饭馆赔偿，还非得让金世成给他们跪下。金世成的脾气我最清楚了，他哪是给别人下跪的人啊，别人给他下跪还差不多。见他死活不肯跪，一个混混儿就把啤酒瓶子砸他脑袋上了。金世成抹了把酒脸，就动了手，把那俩混混儿揍了，老板说要开除他，他就转过身把老板也揍了。那天就是这么回事。

他带我跑，从县城跑到了省城。找到个落脚的地方，安顿好我，他就出去找工作。反正不是人家看不上他就是他看不上人家。没活儿干他也不想干厨子了，他说他受够了油烟味儿。有时候他也能找到个保安什么的工作，可是干不了十天半月就辞了或者被人家辞了。我说要不我还去发廊问问要不要人吧，他不让，还瞪我，冲我撒狠。我觉出来他变了，话少了，眼神老发散，分明是看着你呢，其实却没，那阵子我觉得我的脑袋是透明的。

他那样子让人担心，我就拽他出去溜达。省城多好啊，高楼大厦那么多，玻璃窗里的模特好看衣服更好看呢。金世成心情好像也好点儿了，他喜欢车，见着车就指着商标告诉我，四个圈的是奥迪，这个是大奔，那个突突响的是改装过的凌志。"瞧着吧，将来准给你买辆奥迪开。"他可是有阵子不这么说了。自打我们离开县城以后这可是我头回听他说胡话。不过我是后来才琢磨过味儿来的，当时也没觉得什么，习惯了嘛，所以我就说了："去吃屎——"真的，我敢保证，向我三叔保证：跟别的时候一样，我是笑着说的，恼也是装恼啊，也跟从前一样，可是——可是这回不一样了，金世成没像从前那样跟我嘻嘻哈哈的，虽然说不能在当街就拱我衣裳吧，可他也从来没用过那样的眼睛看着我呀——

说不上来，反正他看我的眼神不一样了，我也不是透明的了。确实是在看我，嘴角翘着，像是笑又不像，眼珠定在我脸上，可是我就是觉得他不是在看我，而是看什么他这辈子第一次见、特别特别新鲜的东西似的。然后，然后我还没来得及开口，他就撒腿跑了，跑了大概有十来步，在街中间的一棵大树底下住了脚，似乎是愣了愣，然后举起右胳膊，跟我三叔举着坏小孩似的——"末日！末日！末日！"喊了三声。我傻了，刚要跑过去，就见他跪在地上，两手拄着地，看不清在干什么。

已经有人围上去看他了，我听到有人咋咋呼呼地叫，被吓着了似的。我一步步地，蹭过去，绕到他侧面，看见他正一口口地吃屎，吧唧吧唧的。

那坨屎我认识。刚才有个女的牵着条小短腿的狗走在我俩前面，我盯着她那身齐踝的白裙子，裙子角一飘一飘的，真好看，像仙女。瞅着瞅着，那女的就停下了，小短腿要拉屎。就是金世成正在吃的那一坨。已经没有一坨了，吃得只剩个底。

我想不起来是我自己走的还是人们把我挤出来的，反正我醒过神儿来的时候发现自己已经到了"家"门口，进屋我就上了床。除了躺下我也不知道该干吗。我望着房顶发呆，眼睛疼了，就合上眼。后来我睡着了。金世成没回来。再没回来。第二天，我在兴城街口的一个发廊上了班，我还是能养活我自己的。

后来的事我也知道一些。他成了名人。我早说过我知道他能成事，虽然打死我也猜不到他用那种法子成了事。反正他是个大人物了，收了好多徒弟，有些徒弟还是电影明星呢。徒弟们管他叫"今世佛"。据说他让徒弟们吃屎徒弟们就心甘情愿地吃屎。报纸上引用他书里的话，说这是"进食腌臜之物以净身心的修行"。不懂。他还全国各地到处去做"带功报告"，报纸上是这么说的。我不懂什么叫"带功报告"，就去看了一次，门票五十块。那个大师是个白胡子老头，他站在台上发功，让我们合上眼，双手举起，掌心朝上，还让我们想自己的百会穴，也就是脑袋正中央，开个洞，然后让我们"内视"，也就是用脑袋里的眼睛看着他的信息，像水一样灌进我们的掌心和百会穴。最后是自由发言请大师治疗时间，这个环节最热闹了，有个大胖子求大师帮他减肥，因为血糖高血脂高血压也高，怕哪天崩了血管，求大师开恩。大师就凌空一抓两抓三抓，再凌空一扔两扔三扔，扔向一个瘦子。瘦子想增肥，一举两得。这就是我看到的"带功报告"。

金世成也在省城演过。我没去。他的门票比我看的那个大师贵好几倍。我只买了他的带功磁带听了听，"末日末日末日"，还有他讲的那些跟宇宙有关的东西，我听不懂。我只听得懂"末日"。我俩在县城那间小破屋住的时候，租过《巴黎圣母院》，艾丝美拉达长得真好看，那个怪人长得真是丑，最后我还看哭了，就是演他俩的骨头架子抱在一块儿那儿我哭的。金世成没哭，他喝着啤酒看着片，学那个怪人喊——"避难，避难——"学得别提多像了，虽然那天在街上，还有后来他在磁带里喊的是"末日"。

再后来听说他出事了，工商税务一块儿查他，说他非法销售出版物什么的，要罚款。他那些徒子徒孙们一天就凑够了帮他缴上。有个来理发的客人说："一般人就算是警察拿枪顶着、城管开车撵着，也他妈没这么快凑出这么一大笔钱来。啧啧，大师就是大师。"

他真的送了我一辆奥迪。我问他怎么找着我的。他说我的徒弟成千上万，找个发廊妹还不易如反掌观纹。他说话跟从前不一样了，脸上倒没有特别得意的表情，简直就没表情。他胖了，尖下巴变成圆下巴，倒还真像个佛呢。他给我留下一沓钱，还给我一个当钥匙链的奥迪，车头有四个圈，四个车门别看小，都能打开。他说他暂时就不给我真奥迪了："这阵子查得紧。"他说用不了多久就会送我。这时候我说了句傻话："你身边有女人照顾你吗？"是真傻呀，我知道，那会儿我脑子真不转了。他笑了，没说话，就摇了摇头，就跟长辈慈祥地看着一个说傻话的孩子似的。

报纸上再也没有他的消息，人们有的说他去了美国，收了好多金发碧眼的徒弟。还有人说他隐居在深山里修行，不定哪天就会再次出山普度众生。说啥的都有。反正人们再也没见过他。

第二天我给三叔打电话，让他开车来接我。前几年三婶儿跟三叔离了，她看上了别人。三叔娶了县民政局局长的闺女。听人说那女的是个傻子。

现在我就在三叔承包的殡仪馆工作，三叔纠正过我："别叫火葬场，对外咱就叫殡仪馆，显得人性化。"这份工作其实挺清闲的，三叔给我开的工资不低。还挺有成就感呢，活的死的加一块儿我管着好多人，活人都听我的，死的就不用说啦。

直到今天我也没结婚，妈都死不瞑目了。三叔疼我，给我买了套带花园的大房子。结不结婚也没什么，一个人活着其实挺好挺清静的，生活也规律。每天早晚我都刷牙，挤上牙膏我就把那个沙漏倒过来，沙子流完，正好刷够三分钟。沙漏里是金世成，我让他监督我。

《聊斋志异·卷二·金世成》

你有那么好的命吗?

1

母亲头七那日的深夜,一个少女钻进我的被窝,烘暖了我。我吮吸着她,猪崽般拱着她的双乳,我的眼泪在她的脐窝中汇聚、又决堤。她赤裸的身体温润柔滑,她的手在我皮肤上的游走,仿佛溪流般舒缓。那晚,我忘了自己刚刚永远失去了母亲。

喘息平顺下来的时候,我听到隔壁房间里床榻的声响。

"你是天上的仙子吗?抑或鬼狐?"我亲吻着她的耳垂,我的手在她的乳上游动,爱抚了一个,便又去爱抚另一个。这一对惹人怜爱的小东西,冷落了哪个都是罪过。

月光如沙,撒在那张娇俏的脸上,双眸流转如星。"仙子?你有那么好的命吗?鬼狐?若真是鬼狐?你当真不怕吗?"

便是鬼狐,我的命也好得不得了了。此时我还在品咂着方才难以言说的欢愉。"不问了，我只知你即便是毒药，也已饮下，哪怕我登时死了，也没什么可抱憾的了。"

"连老父亲也不顾了吗？"她小巧的下巴翘了两翘，指的是父亲房间的方向。莲藕般的胳膊伸出被子，捧着我的脸，额头微蹙，嗔怒着质问，双瞳中却有笑意漾出。

是啊，父亲也不顾了，此时已睡在湿寒地下的母亲，也忘了。我将只记得今晚自窗棂透过的那束疏斜的月光。

"再来吧，我们。"我吻她的肩窝，她痒了，缩进棉被里，捂住笑，好让它们不会像多嘴的小鸟那样飞出去。

2

这一日终究还是要来的。半年后的某天，父亲闯了进来。

"孽障！孽障！"

父亲的行动从未如此迅疾，以拐杖为轴，背转身子。仿佛她来不及以棉被遮住的一瓣香肩发出的光是飞向他的利刃。是啊，少女裸露的臂膀，薄纱般洒在肌肤上的月光，世间又有哪个男人能抵得住。我是不行了，我根本就没动过去抗拒的念头，我从来不是一个意志坚定的人啊父亲。你避过那让人万劫不复亦不怨不悔的利刃了吗？父亲，我的父亲，一位饱学宿儒，微微佝偻的脊背在颤抖，像是条受到惊吓的老狗，该是愤怒吧，还是……

"我儿！读书人，行此苟且之事，不嫌丢人吗？"

"谁家女子，恁地不知羞耻，倘若事发，玷污的未必只是我冯氏一门的清誉吧。"

窗外有只猫经过，喵的一声。父亲压低声音，呵叱便如猫足般轻，却沉重地踩在她心上——那时我跪在地上，偷觑她，她的脸白得像有霜雪覆盖，唇也褪色了，如花期将过的梅花。我想起身，吻她的唇和脸，像她暖我一样，暖她，让凝结的血如胭脂般化开。可我哪敢。

父亲走了。他举起拐，指着我，似是要再说些什么，却又咽回去。他重重带门、又轻轻掩上。屋里瞬间静下来，只有父亲走时叹的那口气还在。

她已衣衫整齐地站在床边了。

腿跪麻了，我起身，醉酒般向她走去，我要抱她，抱紧她，我知道她要走了，是真的走，再不回头的走。她僵了，冷了，任我抱着，没有回应。我暖不了她，也留不住她，我是个废物，我知道。

"我知道羞耻了。"她说。她的声音像是先于面容衰老了。"我们好过了，不是吗？总会有这一天的，我知道。"

"我要走了，我真的要走了，再不来。"

"真的再也不来了。"她说。她的声音又是个少女了。"你怎么不说话，就不想留留我吗？"

"哪留得住。"

"那也得做做样子嘛你，唉。书呆子。"

留得住的，也许。假如我现在去父亲屋里，不对，先去厨房拿把菜刀，再去父亲房里，把刀架在脖颈上，跪下，我说父亲你若不允我和她长相厮守，便当从来没有这个儿子吧。然后作势抹脖子。这之后，我当真会抹脖子吗？不会。父亲会阻拦吗？会的。父亲会被我活活气死吗？我不知道，但他很可能会气得吐血的。我不想让父亲失望，所以我不会留你，虽然我很难过，很舍不得你。

所以，我不是你认为的书呆子。我愧对你。我哪知道还有更令我愧对你的——

你留了四十两银子给我，你轻叹一声，说：

"这些银子，莫做他用，是让你到卫家提亲的，那姑娘我见过，相貌不输于我，性情温润，女红也好，是个持家的。她父爱财，但见了银子，不会不允的。"

心里憋胀得将要炸裂开来。我恨我自己此时还能忍得住不大声哭喊出来。

"该把我松开了吧，你都抱疼我了。"

你见过这样的女子吗？在你孤寒之际暖你，与你交欢，还赠你银两，帮你张罗婚事。

她走了，踏上梯子，逾墙而走。不是白日飞升或一闪而逝，反而有些恍惚的趔趄。可我却有点儿相信她是鬼狐了。

3

婚事成了，我娶了卫家的姑娘。如你所说，卫女的父亲是个贪婪鄙俗的人，初时还犹疑，他知我父亲虽有功名，却穷困，但我把那四十两银子放在桌上，那张板结的脸便软下来，开了皱纹的花。还说能与秀才相公联姻，任哪一日都是吉日，第二天便把女儿送了来，居然还带了些粗陋却并非无用的陪嫁。

你没骗我，卫女很美，虽然衣着素朴，却有布衣荆钗遮掩不住的清丽。其父鄙俗，她却纯良，并不嫌厌我家清贫。也确如你所说，做得一手好女红。我父子的长衫直裰经她浆洗缝补，虽还敝旧，穿出去却显得比平日体面了些。看得出父亲对这儿媳甚是满意，脾性似也温和了许多。只是催我用功之时还是疾言厉色。也不怪他，秋闱之年眼见就到了。

那四十两银子的事，我没跟父亲说。初时父亲诧异，何以卫家肯把女儿许了我。我说卫家虽鄙俗，却也倾慕书香门第，平素又敬重父亲的为人，因此便应允了。父亲也不再问。

卫女很好。这好是你给我的。有月之时，便想你，月色皎洁如那日一般时，便越发想你。我辗转反侧，难以安眠，有时还说些含混的梦话，卫女心地单纯素朴，我推说是为了应试焦灼，她便信了，只宽慰我，还起夜为我煮上一碗醪糟蛋吃，说可使我安睡。

我读书时，她从不扰我。上了炕，她揉我僵硬的脖子。她待我真好，可她越待我好，我就越是想你。

你在哪里呢？你当真是飘忽不定的鬼狐吗？

时间过得真快啊，再过两个月便是乡试了。五月初五这日，我冯氏一门亦添丁进口，男孩，左臀近髋处有块铜钱大小的青色胎记，父亲因此给他起乳名"蚨儿"，谐了"福"的音，说大名不急，等进学时再起。

自听到第一声儿啼起，我就为吾儿祈福了，愿他多福多寿，未来的日子不像他爷父这般困窘，最好是有花不完的银钱。蚨儿瘦弱，面庞却清秀，眉眼随他母亲，喜笑，眼神里有一丝顽皮，倒有几分像你。

添了蚨儿，加上我就要赴州府大比需积攒盘缠，日子越发艰难。父亲不顾老迈多病，每日里编些藤筐，托邻人担到集市上卖。那双能写出一笔秀逸书法的手遍布血红的割痕。我要替他，就呵斥我，让我回屋一心读书。刚出月子，蚨儿的娘便也每日出门，揽些缝补浆洗的活。每晚忙完一天的生计，她都躺不下，我便在她腰上揉，把那两块硬的肉揉得软了，她方能躺下。却每每刚躺下，蚨儿又哭，她就只得复起身，摇他，哄他，为他调些糊糊来吃。

是夜无星无月。我放下书，熄了灯，躺下。妻呼吸沉重，蚨儿嗫嚅着，发出小蟹吐泡泡般的轻响。远处有零星

148

的犬吠声。

要考中啊，否则又怎么对得起亲人。我可是他们全部
的指望了。

4

祸事至。灭顶之灾。我的秀才功名被县令革掉，妻被
宋家抢走了。与寻常日子一样，妻喂了蚨儿，就去揽浆洗
的活，街上撞见宋家的婆子，两人算是认识的。那婆子说
宋府上颇有些衣物要浆洗，人手不够，请妻去帮把手，少
不得要赏几百钱，还管一餐饭。妻便去了。哪想到一去不
回。那姓宋的也不知何时见过我妻，想是垂涎已久，都算
计好了。

父亲急火攻心，让我把蚨儿抱到邻家，求人家帮忙看
几个时辰。我去叫门，左邻右舍皆闭户不出。我知道这些
高邻是惧怕宋家，那姓宋的恶人长兄在京里做的是御史言
官，寻常人家哪惹得起。我与父亲无奈，只好抱了蚨儿赶
奔县衙。半路上问父亲："那宋家有京官仗势，恐县令也
不敢开罪，爹，咱告得下来吗？"

"告不下来便不告了吗？"父亲厉声道，脚下却未停。

果然告不下来。盲眼人也看得出，那"老父母"不仅
畏惧宋家的权势，必定也收了宋家的好处，没一句是向着
我们的。辩驳也不许，父亲性素鲠硬，口才也佳，硬是申

斥得那县令面红颈粗，一怒之下命衙役打了老人家四十板子，饶是那掌刑的班头素来敬重我父，手底下留了余地，也还是打了个皮开肉绽。我上前拦阻，也被乱棍打出来，我死命护住蚨儿，脊背上狠挨了几下。这还不算完，那县令还革了我的功名，举事泡汤，再也不用想了。我抱着蚨儿磕破了头，才有几个胆子大些的好心人，把父亲抬回了家。舀了清水给他擦拭伤处，血肉翻起，触目惊心，爹却似乎浑然不觉，嘴里"狗官狗官"地不住叱骂，还说要到府衙告，府衙告不赢，便北上直隶，直隶告不赢，就去京城。骂着骂着，扎挣着要起来。我死死按住父亲，央求他暂时不再动气，将养身子要紧。那边炕上的蚨儿久无人管，咿呀咿呀地哭起来。

此时你在何处呢？若你是鬼狐，该是有神通的吧，你我也是恩爱过的，为什么就不来帮帮我呢？我快撑不下去了，真的撑不下去了。

自此父亲水米难进，喂他食水时牙关咬得紧紧，叱骂倒丝毫不减，只是气息渐弱。我捏了他鼻子，硬灌下些米汤，一转身，就听见他尽数呕出来。我瘫软在地，大哭一场。我是真的无计可施了，还得照顾蚨儿，总不能连小的也活活饿死了吧。

又几日，有邻人窃窃告诉我，我妻死了，趁人不备自缢而死，好个烈女，不愧是我妻。我心内暗恸，却不得不瞒着父亲。然而当夜，父亲便从炕上坐起，目光灼灼，道："我那苦命的儿媳来跟我道别了。"言罢，便一头栽倒，昏死过去。翌日辰时，宋家差人来，说既是你冯家的媳妇，可去把尸身拉回，葬在你冯家的阴宅。"我要的是活人。"我说。来人见状不语，转身回去复命。后来听闻，宋家把我妻埋在了一块荒僻的无主之地。

又熬了几日，父亲故去了。死时目眦尽裂，盯着屋顶某处，口大张，怒容凝在脸上。此时他的魂魄想必依然在不停叱骂。可是，城隍能听得到吗？阎君能听得到吗？

你呢，你不是狐仙吗？听得到吗？

5

葬了父亲，我起了杀心。可我的杀心是个笑话。一个手无缚鸡之力的、连肚子都填不饱的书生，想要在街衢之上刺杀一个出入皆有扈从围绕的恶人，可能吗？就算是老天开眼，促我事成，但事成也即宣告我是个死人了，我的蚨儿呢？他可怎么活下去。那么，告状？到州府去告到京城去告？我的脑子比父亲还是活络些的，天下虽大，却并无一府一衙能为我做主，还不如我揣着刀斧杀死那恶人的几率大些。可我终究是个没有胆色的懦夫。

妇人的活计我做得倒是越来越顺手了，拾柴生火，给蚨儿熬糊糊，喂他吃，哄他睡，浆洗我们父子的衣裳，重砌了坍颓的鸡舍。编藤筐的手艺我亦无师自通。喂饱了蚨儿，等他熟睡，日头暖时，我就坐在墙根，像父亲那样，捋直藤条，割去瘤结，编筐。再没人责骂我了，我的手也不再是读书人的手。

蚨儿在我怀里哭了。是我因为咬牙切齿变得狰狞的脸吓哭了他。我便摇他晃他哄他，为他念《诗经》来听。蚨儿不哭了，抽咽着睡去，我却哭了。天阴下来，团黑的雨云在头顶翻滚，隐隐可听到闷雷袭近。我抱蚨儿回屋，把他放在炕上，却又哭起来，我只好又把他抱起来，在黢黑的屋子里踱步。踱向窗子，又踅来，踱向门，再踅回窗。

当我转过身时，看到一个高而精瘦的人形站在门口，我吃了一吓，打了个趔趄，赶忙抱紧蚨儿，侧过身，"谁？！"

那人并未答话，身子也没动，只是看了看左右，便在父亲那把竹椅上坐下，头微微歪向门口，似是在倾听什么。屋子里越发黑了，我只能看到他硬冷的轮廓。

屋外已可听闻零星的雨声，雨点想必是极大的，砸在干燥的地上，在片刻的阒寂中，我闻到了尘土的气息。

蚨儿小嘴微张，睡得正沉。

"可是姓冯？"那人开口了，声音压得极低，有些嘶哑，却清晰可闻。似乎是抬了下眼皮，那一瞥有光亮，扫过我怀里的蚨儿。

我点点头："请问阁下是——"

那人一只手刀一般立起："我只问你，想不想报仇。"

想啊，怎会不想，做梦都想。连蚨儿都知道。在我脑子里，那姓宋的恶人不知已死了几百回，碎成了几千块。可此人来得如此突兀，又不肯吐露姓名来历，焉知他不是那恶人差遣来试探我的？如是，上了他的当，我父子可就真没活路了。

"你这人说话好没来由，我有什么仇要报，你不说你是谁便不说，请回，不送。"

"以为我是那姓宋的差派来试你的，是吗？"那人冷笑道，"也难怪你有此顾虑，你们读书人胆子不大，心窍却比寻常人多。"

"莫非你——"

"怕那姓宋的还差不动我。"竹椅的扶手"咔吧"爆响一声，蚨儿打了个激灵，却没醒。他抬起手，抱起臂膀道："说吧，想，还是不想。"声音又压低了些，那两道光又从蚨儿的小脸上扫过。

"想。"我信了他，因他眼里的光。"可是这孩子，"我低头看了看我的蚨儿，"去报仇之前，我可否把小犬托付给你？"

"那是妇人的事。"那人道，"你当我来是帮你喂奶换尿布拉扯孩子的吗？你明知不是——"那人轻轻摇了摇头，"读书人的心，究竟不是那么敞亮。"

我垂下头，避开他的目光。

"不说了，我去做你不敢做也做不成的事。"那人起身要走。"恩公,"我知道他已经是我恩公了,时辰未到,那件事只是尚未发生而已,"恩公高义,可否赐下名姓,我好日后——"

他只乜斜我一眼,便出了门。

雨下得紧了,我掩上门,将蚨儿放在炕褥上,开始收拾东西。

6

我抱着蚨儿连夜跑出家门。逃与不逃我并未做太多考虑,我清楚,逃比不逃更会引发怀疑。然而我更清楚,不逃又怎样,还不是会被捉到县衙拷打。进了山,山势越来越崎岖了,连夜的大雨冲刷过的山路湿滑无比,我得紧紧抠住岩壁上的缝隙才不至于滑倒,坠入山涧。

这脚程,恐怕是逃不掉了。

捕快赶了上来,他们的呼喊声在空荡的山涧中撞击。我抱着蚨儿,索性停下脚步。我跑不过虎狼。当那几个恶役把锁链套在我颈上的刹那,竟生出一丝欣悦——

此乃明证,显然,我的仇已然报了。

可我的蚨儿被虎狼们弃了在了山路上,在我身后撕心裂肺地哭——我下跪、叩头、哀求,鲜血自额头滴下,"我儿何辜啊!我儿何辜啊!"虎狼们却说:"却哭丧什么,你儿你便心疼,你杀人家一门老幼时可曾手软过!"

一门老幼？想起那人临走时看我那一眼，该是不必意外的。这仇报的……我可要糟了，我的蚨儿要糟了，这山里那么多的虎狼……

我当然是抵死不认的，一门老幼便如何，又不是死于我手。"即便非你所杀，却又为何要逃？又为何如此巧合地在灭门前一日携子出逃？必是你买凶杀人！"我无话可说。"不招是吧，给我打，重重地打！"

"是个不肯留下名姓的人做的，但是老大人，确非小人让他杀的啊！"我吃刑不过，招了。那县令又岂肯信，便又狠命丢下一签。

周身没有一块好皮肉了，我被扔进黑牢，蝇蚋们迎来节日般振翅欢舞。

这一晚我又想起你了，清醒时想你，昏迷时你的样子是漫漶的，却分明就是你。

翌日清晨，差役进来，除去我身上的刑具，莫名其妙地把我放了，面目也恭谨了许多，居然还搀扶着我，送我到衙门口。我扶着墙往家蹭，路上有人遮遮掩掩地告诉我，说昨日黉夜之间，县令正酣睡之际，被耳畔一声响动惊醒，点灯来看，却见一把明晃晃的匕首剜在床头，离枕头不过寸余，柄兀自在颤。

不消说，又是那人做的。

7

自县衙出来，我踉跄着、半走半爬地进山去找我的蚨儿，踪迹全无。只看到一块沾染着我血迹的石板。我在山间呼喊，却只听到自己的回声，和鸟雀扑啦啦被惊走的声响。

此后我每日进山，喊着蚨儿的名字，顺便打些柴回来卖。我得活下去，我相信蚨儿还活着，我又岂能死。

这期间，县令卸任高升，去了府里。那姓宋的御史贪贿事发下狱，少说也是个流徙，再无人找我的麻烦。我开始筹划，等银钱积攒够了，就把卫女的尸骨迁回我家祖坟地。未来的某日，我将与她合葬。你是鬼狐，总是要长生不死的，我没有和你同穴长眠的福分。

身子也渐渐强壮了，已经像个樵夫，呼喊起来中气也足了，山那边亦能听闻。于是在五年之后的这一日，你听到了我的呼喊——

你穿着一袭白衣，领着蚨儿向我走来。

终于等到了你。

过去了这么多年，我鬓边已有零星的白发，你却丝毫未老，一如我初识你时少女的模样。我忍不住泪，张开双臂去抱你，你却躲开了，你看着我的眼神冰冷。我去抱蚨儿，蚨儿后退一步，躲在你身后，只露出一只戒备的眼睛，盯着我——他的生父。我不知道这是怎么了，我流着泪，哽咽着央求着你们，视我如陌生人的亲人。蚨儿认不出我倒也罢了，你呢，莫非，你也认不出我吗？

你蹲下身子，在蚨儿腮边耳语几句，之后牵着蚨儿的小手，走近我。你总算开口了，可是你说完便走了，连头也没回。在你没入山林之前，蚨儿一直望着你，小脸从绯红憋成了绛紫，却始终没哭出来。

你说：

"你妻子跟我说，不必再把她迁葬回冯家祖坟了，她不再想跟你葬在一处。

"你的蚨儿，是个乖孩子好孩子，他已经答应我跟你回家了。

"蚨儿虽说是你的骨肉，虽说还只是个孩子，却比你更像个男人，心也比你纯净。

"不必留我。"她最后说。

她走了。我呆立原处，无地自容。

《聊斋志异·卷二·红玉》

婚礼

女孩不高兴了，黑暗中我也感觉得到。

"我知道，我是老了点儿，丑了点儿，"我的语气还有热度，还没有完全冷却，"可这是你父亲的安排，怎么说他也是出于爱——"

"爱？他根本就不懂什么叫爱——"女孩的话潮湿阴冷，我残存的热度几近失守，我本该为她极其不礼貌地打断我而不快，可是怒气仅仅冒出个尖就被冻住了，我听到细小的冰凌碎裂的声响。"他根本就不知道我想要什么，他也从来就懒得知道。"女孩说。

"他总是自以为是，别人的心思他连猜都懒得猜。他的决定就是最终决定。"

"我知道我……配不上你，不是你想要的那种——"

"当然不是。"女孩的语气越发得冷，不必用耳朵，那种冷直接侵入骨髓。

"所以，拜托，您能死远一点吗？"

"如果我能的话，我会死远一点，可是——"

"可是你做不到，"女孩说，"跟过去一样，这是他的'最终决定'，反对无效。"

是啊，作为一具被买回来的无名尸体，我没办法选择自己的葬身之地。她沉默了，很久之后我才听到一声叹息。

我有名字。等她平静下来，我会把我的身世讲给她听。我们有的是时间。

好人

1

有人告诉我，他爷爷死了。谁的爷爷都会死，一点儿也不稀奇。但他说他的爷爷跟其他人的爷爷还是有一点不同的，"'妈了个逼的，我这一辈子。'我爷爷临咽气前骂了句街。"

"就这么一句？"

"就这么一句，然后就咽了气。"那人说，"我好像从来没听见过他说脏话。"

没人能破译的了。那句脏话就像个无解的电码。不过那人说，他爷爷是个好人，"公认的好人"。

我见过很多好人，一生中的每一天都像是行走在冰上。

我很好奇这些人重活一次会是什么样子。可老天永远不会满足我的好奇心。

2

一个大型商场的工作人员无意中发现电动扶梯出现了故障。那时故障不算大，电梯还能运行。这个工作人员什么都没做。原因可能是去见濒临分手的女朋友，去给父亲买一种药，或者其他更重要或更不重要的事。

根据概率，该工作人员是个平庸的好人。十分钟后，一个年轻的母亲死于那个没有被及时遏止的故障。

我当医生时，曾在某晚睡得正香的时候被手机铃声吵醒，我还翻看到有一条未读短信，短信里说，有个病人急需手术，让我马上赶到医院做麻醉师该做的事。我把手机调成静音，很快睡熟。再次入睡前我脑子里最后的东西是一个谎言：真对不起，我手机也不知怎么弄的，静音了，所以……

不必问我第二天那个病人的生死。

根据概率我是个好人。

3

每个村子里都有被拐来的女人，有的尚余口音，只是极少数。大部分女人听上去都像是在此地繁衍了三代的土著。她们分别以二嫂子、五婶子、七奶奶的身份被接纳。在赶集的时候她们总是会被邻人认出，并发生热络的谈话。

像这样的村子有无数，但关于好人的定义是一样的：跟我们一样的人。

总有跟"我们"不一样的。这女人的老家在村人嘴里分别是四川、贵州和云南。某晚，她拿把剪刀把酩酊大醉的男人那话儿铰了下来，随后不知所踪。

翌日，人们在猪圈里发现了那套物件。已被猪啃得残缺不全，不可接续。

仿佛居住了三代的女人们不怎么参与有关那个女人的巷议，当她们抱着孩子或者夹着筐箩离开这个话题时，有明眼人发现追逐她们后背的是异乡的阳光。

一丈青

　　打第一次王英趴在扈三娘身上开始,她就开始训练自己大脑边缘系统的海马回,然后再努力驱使那些由远期记忆参与并构建的信息转存入大脑皮层。经过若干次不为外人道的苦练,她成功地把自己身上那团肥腻的皮囊虚构为祝彪。靠这个,她一直活到征方腊时被魔君郑彪一砖拍死。

　　扈三娘另一个辅助自己活下去的训练方式是开发自己的右脑,那个狭小的、负责梦境的区域。久而久之,坚持不懈的训练回报了她。不仅在夜晚,在清晨水泊的波光粼粼中、在正午阳光如刀的征途上、在黄昏时觥筹交错的忠义堂里,她都能随心所欲地迅速进入梦境——

　　在梦中,她把那个叫及时雨呼保义的人细细地、细细地切做臊子。哪怕是在梦的前一秒钟她刚刚喊了那人一声——"哥哥",亦无妨碍。

遗言

　　晴雯临死之前跟宝玉说：我恨！莫不如我和你真的发生点什么。宝玉泣。潇湘馆中，黛玉行将离世之前听到了晴雯这句话，她说：Me too.

　　在以灵魂的名义摆布人这件事上，所有的作家都罪孽深重。

紧箍咒

　　取经途中，孙悟空记不清自己揪了师弟多少次耳朵，但他清楚自己这么干的原因。与其说是恨不如说是悲哀，他神通广大无所不能，却成不了他想成为的人。

　　有个不死之身又有何用。

断舍离

　　该是决出衣钵传人的时刻了，大师终于拿出了决赛试题：他用右手拿刀切掉了自己的左手，然后把刀交给盘中的左手，左手握紧刀，浮至半空，猛然下劈切掉了右手。

　　现在，大师的左右手分别捧在两个一步步杀进决赛的徒弟手里。最后的对决即将开始。为了区分他们二人，你可以把捧着左手的那个叫神秀，分到右手的叫惠能。

　　过程无须渲染，结果是这样的：神秀信手将那只断手扔下山谷，再看大师的左臂，一只手如花般重生。惠能交出的答卷是：在他捏着的那只右手之上，渐次生出一位崭新的大师。随即，惠能近前两步，抬腿把没有右手、只有一只新鲜左手的大师踹下山谷。遂接过大师衣钵。

群众演员

盖茨比

那个男孩蹲在那儿，低着头，端详着地砖上的一片不规则油渍。他抬起头的时候我看到他唇上的稀薄绒毛，通常我们管像他这种刚刚具有第二性征的男孩叫半大小子。我告诉他多年前王宝强就在这个地方蹲过，这片像个缺腿蜈蚣一样的油渍没准儿就是王宝强吃盒饭留下的油汤。"你是个资深娱记。"男孩显然不信，他冲我笑的样子很明显，他说我是个"资深娱记"的意思显然不是在指出我的职业。不过我俩的谈兴都被这个词搅动了，我们聊起了《盲井》。他看过《盲井》，还不止一遍。他说他没戏了，他说王宝强这样的是"小概率"事件，他还说他就是好吃懒做，不愿意干小工不愿意干保安更不愿意回去种地，就想混个盒饭吃，还能顺便近距离看看女演员。男孩提到女演员的时候抽烟的样子很是享受，我喜欢他，就又递给他一支"爱喜"。然后我给他讲了一个叫山口疆的日本人的故事。这个日本人当年去广岛出差,"小男孩"炸了。三天后山口回到长崎,"胖子"炸了——我告诉他王宝强绝不会是孤例,既然这世界上有人能倒大霉(或者该说是幸运?作为人类世界唯一被原子弹炸过两次的人,居然寿活93岁),不对,是倒巨大霉——两次,就完全可以证明命运不可捉摸。"你怎么就知道你不会成为第二个王宝强呢?"我说,"何况,在我这个资深娱记看来,你的条件比他要好得多。"

没精打采的烛光陡然亮了下,突突地长高半寸,这半大小子的眼睛就发生了类似反应。我把剩下的多半包烟给他就走了。得做点儿什么,好打发掉剩下的无聊。

艾罗斯特拉特

农忙时节,差不多半个村的人都到片场等活儿。活儿不缺,这个剧组走了,那个剧组又进驻。张三李四和王五是同村的,此时同时靠在墙根儿换上太监的服装等着副导演吆喝。张三说没意思李四说没意思王五也说没意思。王五刚说完王五的瞳孔括约肌就收缩了下:"一会儿我给你们弄点有意思的。"

副导演吆喝了,张三李四王五就进了殿。男女主演进来了,演的是王和王妃的一场争吵。正吵着,侍立一旁的王五走进机位,一把就扯掉了王妃的短襦。拍古装戏尤其是唐朝戏是不能戴乳罩的，之后你可以启动想象来完善这一情形。

王五挨了顿打，拘留十五天。王五当不了群众演员了，不过没什么，四里八乡的人都知道了王五，都说："是个人物。"

智　叟

一部抗日戏。导演指挥着，正在拍一组日本兵强奸女民兵的镜头。被三个日本兵摁在炕上的女民兵在最紧急关头猛然暴起，施展拳脚干掉了三禽兽。拍完，导演带头鼓掌，片场掌声鹊起。角落里，一群众演员道："丰你鸟洽封哦鸟洽，三个大男人对付不了一个女子？无空买地！"他身边鼓掌的人不鼓了，他们与他同村，知道这人多年前曾因强奸蹲了十几年大狱。

（《智叟》一文里的话是东阳话，横店一带的人看得懂。翻译过来就是：不要脸啊真不要脸，三个大男人对付不了一个女子？不可能！）

仁政

    犯人们搂着或老婆或老公或女友或男友或妓女或男妓躺在松软的床上，几乎不敢相信这是真的。在同一时间犯人们掐了自己的大腿，痛感让他们信了：这一切都是真的。当然是真的，翌日，当囚犯们起床后将信将疑地翻检自己的大腿内侧之时，那片淤青最终令残存的怀疑烟消云散。

    这是典狱长的恩典，囚犯们自此可定期与女人团聚，虽然只有一个小时，但这个时长足够让他们做爱做的事。

    而事实上这一切都是一种新型致幻剂的作用。这种药物的商品名称叫"Fiction"，意为"虚构"。

    而事实上就连整座监狱都是虚构的，这是气体形态的"Fiction"产生的效应。这个国的统治者通过管道施放了"虚构"，于是每个人都虚构了自身的罪行，然后依次虚构了高墙电网的监狱、虎狼般的狱卒、或友善或残暴的狱友，以及仁慈的典狱长。

    而事实上这一切都是我的虚构。我喜欢虚构的原因之一是我深知虚构这种作物，未必不是植根于现实。

弃世者

从那天开始，他过着的日子，是那种假如有个负责监视他的监视者也会陷入抑郁并难免崩溃的日子。想到这一点时嘴角咧出一丝苦笑。他推开窗子，踏上去，一跃而下。在空中，他看到自己想象中的监视者站在他即将坠落之处，头仰着，望向半空，用力挥着拳头，兴奋得难以自抑。

祭品

　　"我刚刚打死一只欲对你图谋不轨的苍蝇。这么丑陋的生物竟然有一对那么美丽的翅。尤其在灯光下。

　　"有些人是注定要被另一些人杀死的。我这么说你可能会不甘心，你可能会问我为什么就是'注定'——关于命运的事我没法给你一个清晰的解释，那些在公开场合侃侃而谈条分缕析的人令我厌恶，如果有机会，我会杀死他们而不是你。那些人讲话的时候无一不是摆出一副上帝代言人的嘴脸，这个世界上最大的不公平之一就是这些本该横死的人通常却寿终正寝。你可能要跳起来打断我了，你会说你才是遭遇到了最大的不公平。你漂亮乖巧活泼可爱，学习不差，也很有些叽叽喳喳、跟你一样喜欢在朋友圈晒自拍的朋友，你们都活在操蛋的时代与牛逼的科技联手营造的假象里，怀着不死之心等着娱乐至死。这才是真正的、最具欺骗性的童话，最能骗人的童话绝不在书本里，而是就在现实中。你和你的朋友们比童话里的人更天真更透明也更愚昧。你们屏蔽一切深刻，一切需要思考的事物都为你们所不齿。你们的美瞳空洞，你们的皮肤在美颜相机的加工之下泄露了大脑的苍白，在'萌萌哒'之中你们的思维能力迅速流失却不自知。假如你稍稍能思考并丈量一下人世的恶意，就可能会拨转自己的命的罗盘，就如同只要你稍微留意下路面上的一块石头，微微地旋转一下方向盘，车就不会侧翻，只要稍稍的，你的未来想必也不会是现在这个样子。

"你注定不会有未来了，我就是你的'注定'。我还知道另一些'注定'的事，我的朋友圈第二天就会被翻出来并昭告天下，我手持匕首的照片将被作为我他妈早就显现出魔鬼特质的证据，我的一切言论都会被我刚刚提到的那些擅长条分缕析的人条分缕析，到那时我会笑出声来，愚蠢总是引人发笑，可愚蠢的重复却令人想哭。

"此刻我正在哭。在你的尸身旁。你可以以为我是在为你哭，虽然显然不是，我没有哪怕一点愧疚和忏悔之心。我是在为一切的沦丧哭，为自己哭，为就连魔鬼也不能从沦丧中善终哭。如果魔鬼的内心足够强大，就该捡起刀子，了断了自己。可我现在一点力气都没有了，坚硬的地面正在融化下陷。警笛在响。"

训诫

　　公平地说，你是个平庸的人。这是上帝综合审视从你出生到成人的履历得出的结论。上帝是谨慎的，当然也是公平公正的，祂不会无视你身上唯一的优点：听话。没错，你从小就听父母的话、老师的话，以及一切告诫你"要听话"的人的话。所有的告诫都有坚如磐石的支撑：这是为你好。

　　你长到十八岁，你的身份是消防队员。你依然听话，老兵的、班长的、队长的。

　　火的话你也听，你听到火说：来灭我呀灭我呀。你冲进火场。火骗了你，火的背后藏着爆炸。你当然立刻就死了，你的身体瞬间汽化。

　　你的魂魄升空，与另一团灵魂在气浪中相撞。你认出了它，它是你同居一室的战友，平日最不听话的人。

　　它生前跟你说过最多的一句话是：

　　"你他妈是个人的话就听，你他妈就没点儿自我吗？你他妈早晚得死在'听话'上，不信走着瞧。"

非虚构

    汶川地震时的某处，麇集着一群因为豆腐渣校舍痛失孩子的父母。官员们在。只是在而已。父母们在控诉。现场记者很多，有黑眼睛黑头发的，有蓝眼睛金头发的。父母们暂时压抑住悲伤，冲蓝眼睛金头发的怒吼，协助那些面目狰狞的人抢夺他们驱赶他们，又凛然而机智地保护黑眼睛黑头发的记者，避免后者受到那些面目狰狞的人侵犯与驱赶。

    翌日，悲伤的父母们没有在报纸上、电视上、网络上看到任何有关这次控诉的任何消息。那些蓝眼睛金头发的人发回了幸存的图片与文字，而悲伤的父母们对此一无所知。（事实来自飞眼）

存在主义与撒尿

1

通常在我感到自己无比渺小的时候，就会在那个令我感到无比渺小之地撒一泡尿，然后抖一抖继续上路。像是种惯性行为，我说不出这是为什么。

某次这个不算是故事的故事有个荒诞的结尾，正当我撒尿的时候，一只叫不出名字来的土著蚊子叮了我的包皮。这本是一次千载难逢的顿悟之机，可我却浪费了它，因为我必须给这个很别扭的位置止痒而非思索灵魂层面的事。

2

一群屁大点儿的孩子在玩，一个老人走来，请求加入他们。我一直想写这么一个故事。老人的投名状是要跟孩子们做一样的动作、玩一样的游戏。故事的结尾将以老人闪了腰入伙失败而告终，平庸至极，无可说处。

黄昏时，孩子们雀跃着跑远。老人望着那些活力四射的背影渐缩渐小，看四下无人，掏出那根久已不作他用的老家伙，撒了泡尿，环顾四周，见并无人迹，就饶有兴致地和起了尿泥。

3

一个人跟在一条狗之后。狗在一根电线杆子旁停下，跷起一条后腿撒了泡尿，尿完轻快前行。之后这个人也在电线杆子旁停步，抬起右腿，尝试着像狗一样撒尿，结果尿湿了裤子。之后他坐在马路牙子上发呆。

我注意到他已经不年轻了，自他颊上滑落的眼泪在路灯下不怎么反光。

我绕着走了，我觉得刚才的一幕他并不想让别人看见。

4

奈保尔在他十几岁的时候于特立尼达和多巴哥的米格尔街碰到个自称"布莱克·沃兹沃斯"的人（我知是小说，但我信一些蛛丝马迹），那是个忧伤得一首诗也写不出来的诗人的故事，但这个故事是诗性的。我在十二三岁的时候也碰见了一个人，我在公厕里尿尿，正提裤子之时，与我同尿的、位于我左侧的一个戴眼镜的中年人满脸愁苦地请求我:"让我看看你的小鸡鸡行不?你看我这儿有点儿烂,你那儿也烂过吗?"

我的反应当然是跑,撒丫子跑。虽然那时候我已通过自学电线杆子上的广告对性病有所了解,但我还是吓得够呛。我回忆了这事多次,那时我最后悔的是没一脚把那个人踹进茅坑里,彼时他还没提裤子,两手正托着他那东西,只要够快够狠,我虽弱小,也完全可以踹倒他。

等我彻底长大后再回忆起那个人的脸时,我仔细端详了他,是真的忧伤。

剧本

　　他刹住车子的样子很笨拙，看起来他对自己胯下这个新潮昂贵的东西并未驾轻就熟。此时他骑跨着车子，一只脚蹬在马路牙子上，对她说：

　　"干吗呢？这么晚了还不回家。"

　　"关你什么事。"话一出口她就被自己的嗓音与声调吓着了。

　　"咱俩一个大院的，"他捏了捏铃铛，铃声在这个时间的半空中回荡，引发了几个上了年纪的人的回忆，"就住你家后头那个楼。"

　　"别烦我，我不想说话。"

　　"巧啊，"他骗腿下车，把车子放倒在马路牙子上，一屁股坐在她身边，"其实我也不想说话。"

　　"你轻点儿行不，别磕坏了漆。儿子得心疼死。"她忍不住了还是。

　　"你看你看，跳戏了啊，'剧本'里可没这词儿。"他摸出烟点上，"光说我，你呢，你那时候可不抽烟。"她想夺他的烟，也只是想而已。他歪了头，把烟吐到行人前行的方向。

"因为你演砸了啊，这段得掐了重来。"他弹了弹烟灰继续说，"一开始你就出错了，你说'关你什么事'的时候你得冲我翻白眼，这个动作很重要，你知道的，当年我就是被你瞥我那一眼给迷住的，当时我心里就跟自个儿说：'就她了，这辈子非她不娶。'"

他记得没错。她那时确实白了他一眼，可是时隔二十年之后她被自己的声音吓着了。她早就意识到自己老了，但刚才并不是"意识到"，她听到的，是二十年前的自己告诉此时的自己："你老了。你怎么老成这样了。"

"算了。"她说，"到此为止吧。我都觉得恶心了。"

他沉默片刻，抽完了那支烟。"我很努力了已经，你不知道我是怎么弄到那个铃铛的，你不知道那玩意儿现在多难找。我是——"

"离吧。"她站起身，"没什么意思了，明天就去办手续。"

"那——"他也起身，扶起车子，"你不是怕儿子接受不了吗？"

"他长大了，"她转过身，往家的方向走，"你以为他就不需要新鲜感吗？"她停住脚步，没有回头，冲着眼前的虚无说：

"他不像你我想象的，那么在乎这个家的完整。"

　　两人就此不语。男人推着车子跟在女人身后，时不时地摁响转铃。拐进那条小路后，女人蓦地回过头，他看到她满脸泪痕——

　　"你他妈能不能别摁那个破铃铛了？"

一个纳粹的阅读简史

　　库尔特·格奥尔格·穆勒于1993年在阿根廷门多萨靠近河谷的寓所落网时，年九十七岁。那时他已久不用此名达六十年。穆勒的阿根廷护照上印着的名字，就像大理石、奶酪与黑板擦做成的三明治那样不伦不类。

　　"弗朗茨·K.索萨"，这个怪异的名字触发了摩萨德特工约拿·泽尼克的好奇心，便不顾同事的反对，在切断了穆勒寓所与外界的一切联系后，在别墅之后，穆勒的葡萄种植园中的某个隐秘之处开始突击审讯。

　　神迹与神示一般。审讯伊始泽尼克就感谢了上帝，这个已近期颐的老纳粹还能保持如此清晰的头脑，当然是上帝之功。穆勒清晰流畅的回忆，厘清了一段几乎已被历史尘埃掩埋的历史。上帝并未将他的子民抛弃，祂还是深爱着摩西的子孙的。审讯过程中，心如铁石的"纳粹猎手"险些忍不住泪，他当然不是为对面这个死不足惜的屠夫而哭，哪怕他是一百九十七岁的老人也不会赚到泽尼克的一滴眼泪。

泽尼克自己清楚，他是为历史制造的巨大荒谬而哭。

1943 年，库尔特·格奥尔格·穆勒任奥斯维辛集中营二号集中营（臭名昭著的比克瑙）党卫军骷髅队突击队队长，正是他亲自下令，将数以万计的犹太人、波兰人、吉普赛人以及同性恋者送入毒气室与焚化炉。死难者中有三位犹太女性，"瓦莉""艾丽""奥特拉"。名字普通，并无出奇之处。

"在所有我批准处死的犹太人中，如今我只记得这三个名字。"库尔特·格奥尔格·穆勒说，"因为，她们都姓卡夫卡。"

泽尼克心里一动。他强抑住内心暖流的喷涌，心情复杂地、迅速谴责了自己在得知他人不幸时孳生的不该有的情绪。泽尼克催促穆勒说下去。"别停顿，只要你还能喘得过来气。"

那一刻泽尼克是真的怕穆勒猝死，即将揭开的隐秘被这个该死的狗纳粹带进地狱可就糟了。

"就像现在一样，'弗朗茨·K.索萨'——我想我这个名字引发了你的好奇——当时，她们的名字同样让我惊诧，经过并不复杂的问讯得知，瓦莉、艾丽和奥特拉正是三姐妹，她们有个共同的兄长，也就是您，约拿·泽尼克先生对我的名字心生好奇的源头——弗朗茨·卡夫卡，那位如今已被人熟知的作家。说到这里我猜，您一定也喜欢他，和他的作品。"

"我喜欢谁的作品跟你无关，继续。"泽尼克把支着下巴的拳头拿开，放在腿上。阳光自葡萄的叶片中洒落，斑驳的光影在他脸上游移不定。

"看来您没兴趣跟一个'死纳粹分子'谈论文学——好吧，我审讯了她们，但并未拷打她们，倒不是因为我的仁慈，而是毫无必要。我问的又不是威胁到第三帝国的军事机密，因此无须动用刑具，这三个女人知无不言言无不尽。然而我很失望，并未获得更多有价值的东西。这么说吧，这是三个庸常到极点的女人，她们称呼自己的哥哥为'怪物'，愚蠢的她们到死也不知道她们的兄长是个多么伟大的人。简言之，她们根本就不配姓卡夫卡，即使是卡夫卡在日记中多次提到的、他最爱的奥特拉，也看不出她身上有哪怕一丁点儿光芒够格做卡夫卡的胞妹。反而我从这三个犹太女人身上看到了犹太人灵魂中的巅顶与冷酷，她们还不如《变形记》里格里高尔·萨姆沙的妹妹敏感善良，至少格蕾特在最初的时候还给'甲虫'哥哥送过些面包屑和牛奶——"

"于是你就下令处死了她们？"

"是的。首先那是我的职责所在，与你追捕我们并无实质性的区别。其次，您应该记得卡夫卡在日记中那段话——'我憎恶跟文学无关的一切，交谈令我厌烦，亲人们的快乐和悲伤让我烦透了。交谈让我所思所想的一切都丧失了重要性、严肃性和真实性。'假如您非要让我寻找一个把她们送进毒气室的理由，作家的记述可以回答您，从这段话中，你我可以与弗朗茨感同身受——"

"你不配直呼其名。"

"很抱歉我想我未必就不配，泽尼克先生——总之，庸常的家人与庸常的生活对你我都爱着的作家实无益处可言，对一个多愁善思的思想者来说，无异于戕害。在日记中，我，一个盖世太保的灵魂，与作家的灵魂亲近，感受着他如地洞生物般的不安与痛苦。在你们眼中我是个恶人，可我并不觉得我的灵魂就与之疏远，而善良人们离他更近……这些居然也姓卡夫卡的人，毫无疑问，就如同约瑟芬的耗子民族一样理当从他的生命中抹去，而我做到了，我相信即便是作家复生，从他那布拉格的犹太人公墓中醒来，也不会反对我当初的决定。所以对此我并无一丝悔过之意，相反，我还有种做了件不同寻常之事的自豪与畅快，这件事就如同是帮助约瑟夫·K突破了他原本永远也进不去的城堡，就像是亚历山大大帝砍断无解之结那么痛快、干脆。"

泽尼克没有开口。低头盯着脚下一颗早熟的葡萄，片刻后，他用脚尖碾碎了它。

"现在——约拿·泽尼克先生，我可以问问您最喜欢卡夫卡哪部作品吗？"

"你该走了。"泽尼克站起身，松了松领带，说，"去你该去的地方。"

"我会嘱咐所有的狱卒，没收任何人送给你的书，确保到你死之前，你不会读到任何卡夫卡的作品。"约拿·泽尼克最后说。

后 记

偶然读到一篇署名辛西娅·奥齐克关于卡夫卡的文章，提到了他死于集中营的三个妹妹，虚构了这个故事。别当真。聪明如你，知道我想写的是什么。另据悉，卡夫卡的两位前女友也死于波兰的集中营。

日记三则

1

从监狱采访回到家后，作家写道："今日所见：一个狱警揍了一个犯人（这并不新鲜），只因他叫后者时后者未及时起立。当时那位犯人正在读书。我贿赂了狱警，在他把那本书烧掉之前我看到了书名，惠特曼的《草叶集》。那片干透了的淡黄色银杏叶是犯人捡来的书签，我翻到那一页，见其中一行文字有明显的污渍，应该是手指反复来回摩挲的痕迹。'我听见自己无拘无束的叫喊声冲破了世界的顶端'——就是这行。我读出了声，忘了余怒未消的狱警就站在我身后。"

2

犯人没有笔，他在脑子里写他的日记。因为头痛和一波波的恶心，他"写"得很慢。半天才"写下"一行："其实他没必要打我，我不会喊出来的，我自己会压制住呼喊出来的欲望。我的确没听到他叫我，那时候我正在听自己呼喊。"

3

狱警没有写日记的习惯。下班后他回到家，妻子正在厨房忙着。他轻手轻脚走进女儿的房间，亲了亲正在做作业的女儿。晚饭后，女孩在日记本上写道："爸爸最听我的话了，这回他没忘记剃胡子，他知道我讨厌他扎我。"

The Meaningless

　　雕塑家最后一次修改了他的遗嘱。他告诉他的律师兼好友，不必再砸烂、熔掉他的所有作品，而他最终的遗嘱就是废除此前所有的遗嘱。之后他把自己关进工作室，拿一块肥皂雕刻了一块肥皂。"好的，可以去死了。"雕塑家看着那块肥皂说，"这就是我的一生。"

　　没人发现这块肥皂经历了世上最伟大的雕刻，因此也无人得知这块肥皂是雕塑家最后的作品。活着的人就跟用一块寻常肥皂那样用掉了它。

　　很想把马克斯·布罗德从布拉格的犹太人公墓里请出来，看看他读过这个小故事之后的反应。

附：卡夫卡的遗嘱

　　最亲爱的马克斯，我最后的请求是：我遗物里（就是书箱里、衣柜里、写字台里、家里和办公室里，或者可能放东西的以及你想得起来的任何地方），凡属日记本、手稿、来往信件、各种草稿等等，请勿阅读，并一点不剩地全部予以焚毁，同样，凡在你或别人手里的所有我写的东西和我的草稿，要求你，也请你以我的名义要求他们交给你焚毁，至于别人不愿意交给你的那些信件，他们至少应该自行负责焚毁。

你的弗兰茨·卡夫卡

收藏家①

1

一个男孩爱上了一个独腿的女人，独腿的女人有个两条腿的男友，因此被他镇压在心里的东西大于或等于一座活火山。男孩意识到在现阶段自己的唯一要务就是竭力不使其喷发。

在数学意义上，男孩迷恋的不是一个整体，而是一个残缺的人，一个人的局部。然而男孩超越了整体与局部的束缚，他认为那条失去的腿本就不存在，假如自女人肢体

---

① 最近断断续续地，在读小二老师翻译的《面包匠的狂欢节》，里面有关于独腿女人的故事。因此写了上面这个东西。这本小说的作者是安德鲁·林赛，澳大利亚人。此前我读过的澳大利亚小说只有《凯利帮真史》，后来被拍成电影，主演是已逝的希斯·莱杰和活着的奥兰多·布鲁姆。这本小说更新了我对澳州作家的认识，安德鲁·林赛的写作超越了澳洲的疆域。回头会为这本书写些略微正式的东西。——作者注

的残端真的像断尾蜥蜴那样生出一条腿，也会被男孩认为是赘生物，肿瘤一样的东西，唯一该做的就是割除。

后来独腿女人死了，因病。死前她把泡在福尔马林里的断肢留给男友做纪念。据一位邻人说她死前的笑容很古怪。

男孩没有出现在葬礼上。葬礼结束后，女人的男友抱着那条泡在福尔马林里的腿来找男孩："我知道你一直喜欢她，比我更……所以我觉着你珍藏这个……这个……更合适。"

男孩把盛着女人腿的巨大玻璃柱安置在卧室，每天看着她。在脑子里他用的是"她"而不是"它"，也即整体，而非局部。

2

有个聪明人开发了一款 APP，梦境收藏。安装了这个软件的人，他／她的梦会自动转化为数字信息输入床头的手机，然后传送到聪明人的终端。他会为此支付一些费用。这之后聪明人做起了生意，他把美梦卖给做噩梦的人，把噩梦卖给做美梦的人。后面这单生意，除了极少数有自省需求的人购买，绝大多数购买者都是买来秘密传输给他们嫉恨仇视的人。此举是床底下偷偷安置扎针小人儿的高科技版。

这个故事有个结尾。顺理成章地，聪明人成了世上收藏梦境最多的人，也当然是世上最富有的人。可他最终饮弹自尽，原因是他发明了这个软件，自己却是个无梦之人，他尝试了亿万次，也无法将别人的梦境——不管是美梦还是噩梦——变成自己的梦。

喜剧表演者可以轻松逗乐十亿人，却无法使自己开心一点，多抑郁而终。差不多就是这样。

3

前阵子电脑故障，不得不重装。忘记了保存 C 盘里的储存，我很难过。但我很快就不难过了，那些有关记忆的东西，与记忆携带者的生命等长，若干年后，了无意义。我故乡的坟没有树碑的习惯，我认为这是极好的，众生平等，你我皆是无名之辈，还能不断产生慎终追远的后人哭错坟头的黑色幽默，博造物一粲。

我的收藏观一直是正确的，那些你不舍的记忆，只需挑选出与之相关的影像、气味、触感，自会分别贮存于你的大脑、鼻腔和皮肤上。不占用任何现实的、虚拟的空间，招之即来，挥之即去。而我的难过，是偶尔走上的一条岔路而已，回来就是了。如今我收藏颇丰。

一对近义词的区别

"你知道孤独和寂寞的区别吗？"

"不知道，说说。"

"孤独是属于植物的，属于动物的，不属于人类。也就是说，假如一个人感到了真正的孤独，那就是属于一株植物的孤独，一头舔舐伤口的野兽的孤独。"

"不懂，解释下。"

"看这两个汉字的偏旁。"

"孑然一身的瓜，一条狗，和一只虫。"

"你拆解了它们，第二步，想象一下自己是个穴居人，然后把它们用血涂抹在岩壁上——现在，你看到了什么？"

"字的碎片在幽暗中发光，穴居人呆呆地望着岩壁，火把快熄了，我看到了看到了，有一滴眼泪正在滑落……"

"是你哭了。给，擦擦吧。"

"那，寂寞呢？"

"寂寞这两个字有个共同点——"

"嗯。都有个'宝盖头'。"

"嗯，就像'家'。所以寂寞是属于人类的，只有人类才会给自己盖一间房子，把自己与天隔离。"

"谁盖的第一间房子？"

"一个叫'叔'的男人，他盖好了房子，从此和一个叫'莫'的女人生活在一起。后来他们学会了驯化，有了一头獠牙退去的猪，完善了他们的'家'。"

"再后来呢？"

"再后来他们有了孩子，取名'丁'，才有了'宁'。"

"然后呢？"

"然后又添了个女儿，就有了'安'。"

"继续。"

"安宁到极点的时候，就像《旧约》里写的，造物主脾气不好，总是忍不住降祸于人类的。一场山火或者山洪，或者一块外太空的陨石，总之轻而易举毁掉了'家'，那个叫宁的孩子成了唯一的幸存者，他失去了家，就成了'丁'（古人说成丁即为男孩成为男子，你看，痛苦才是永远的老师，不痛不足以成丁）。丁把父母和妹妹葬了，从此"寂寞"就再也分不开。这之后丁在山林间发足狂奔，野兽般嗥叫，人类第一次体会到了孤独的滋味，虽然孤独这两个字那时并不存在。此后丁知道了家与生命的脆弱，出于痛苦和自身安全的双重原因，他找了个岩洞栖身，成了穴居人，和穴居人的始祖——"

"啊？"

"是的。就是你刚才闭上眼睛时看到的那个拿火把的人，他把破碎的、凌乱的情绪涂抹在岩壁上，那就是孤独最早的样子。而他，就是人类历史上第一个祭司、画家、诗人，被记忆割伤的孤独者。"

"我不想听了，为什么你胡思乱想胡说八道都让我想哭——"

"因为我就是那个穴居人的嫡系子孙，你忘了我叫什么了吗？哈哈。"

Mystery Potion

（致 Juan Rulfo / 雷德里亚神父没有做的那些事）

1

"喝了这个。"

"这是什么？"

"可以让你安静下来的药水。"

"不喝，我不需要安静。"

"那试试这瓶，你不是想沉浸其中吗，它可以帮你，哪怕是火山爆发天崩地裂都不能干扰你。"

"可以把我脑袋里所有无关的人赶走吗？那个如今是我丈夫的陌生人，还有你，雷德里亚神父，以及你带来的狗都不肯吃的圣餐。"

"能。相信我。孩子，喝下它，它可以帮你驱赶一切，甚至上帝。"

"好的，我喝。"

……

"现在你死了，苏萨娜，死是一种树脂，固化了你。等死冷却，记忆的琥珀就形成了，没什么能再干扰你。愿你安息。"

2

"我怎么了？发生了什么？雷德里亚神父，你怎么在这儿？"

"你从马上掉下来了，米盖尔·巴拉莫。"

"该死的畜牲！我的脖子断了吗？我不能扭头了，我看不到你，神父。"

"我才是那该死的畜牲，"神父的声音像是从一口井里飘出来的，深幽、冰冷，"是我拧断了你的脖子，米盖尔，积点口德吧，别骂那匹无辜的牲口。"

"为什么？就因为我睡了你的侄女？那个小烂货？你就——"

"不仅仅是——"神父说，"我还想让你父亲伤心。我从来没见过堂佩德罗·巴拉莫悲痛欲绝的样子，我期待看到那一幕甚过看到上帝的神迹。"

"你这算什么？你这还他妈算是上帝的仆人吗？"

"喝了它吧，然后你自己去问上帝，看看是你和你的父亲，还是我更够格做祂的仆人。"

"你会下地狱的，你个该死的——"

......

"现在你死了，米盖尔·巴拉莫。你在人世的罪赎清了。你最后的作用就是作为一件道具，好使我看看你父亲心碎的样子。堂富尔戈尔会找人把你的尸体拉回去的，而我将敲响教堂顶楼的钟。"

3

"你终于伤心了，堂佩德罗·巴拉莫，苏萨娜和米盖尔的死，揭开了你垂着厚厚的、不透光的帷幕的内心。"

"神父，"堂佩德罗·巴拉莫靠在摇椅上，摇椅已经停止摇晃了，这个木制的东西仿佛也在侧耳倾听，"你见过魔鬼吗？在你漫长的神职生涯中。"

"见过。你就是。"神父说，"你是我在人世亲眼见过的唯一的魔鬼。"

"你错了神父，上帝瞎了眼，你根本就不配为祂在人间代言。"

"说那些撒狠的话已经没用了佩德罗。看到这瓶药水了吗？我将把它倒掉，我宁愿泥土里的蚯蚓服用它，以便让那蠕动的灵魂安息，也不愿意给你一滴。你带不走你的记忆，苏萨娜已经被包裹起来了，即使未来人们发明一种叫电钻的东西，也休想钻透它，它隔离了你最隐秘的快乐与煎熬。以及米盖尔的死，我在临终圣油中添加了你意想不到的东西，它叫'隔离'，因此你将孤独上路，我会确保你在通往地狱的路上不会碰到任何触发你记忆的东西。就连伤心你都不会再有了，佩德罗，你将失去一切，变成一块木头或者石头。"

（世上最惨痛的事就是失去了伤心和悲痛的能力，更别说回忆带来的欣悦与难过，对于活着的人和一个灵魂而言，都是。这是我匍匐在上帝的圣足之下想明白的最后一件事。）

"现在你见过两个魔鬼了，神父。"堂佩德罗·巴拉莫说：

"就是你自己。"

……

"现在你死了，佩德罗·巴拉莫。而我脱下了神父的祭袍，拿起了枪，把那些我根本不在乎的人从世界上抹去，直到有人用同样的方式把我抹去。

"你说对了，死人总是更接近哲人的，我就是另一个魔鬼。"

独白接力

1

你认为这只是偶然，一起小概率事件，你认为一件轻描淡写的事不会制造出那么严重的疼痛，你认为一次叮咬被夸大成了重创。

可是你知道吗？知道最微弱的、如婴儿呼吸般轻柔的风吹过新鲜伤口的感觉吗？

哦，那伤口已经不新鲜了，它已经算是陈旧的伤口了。可是你知道吗？你知道世上有种伤口永远结不了痂吗？或者，又或者你知道那把刀其实从来没有被拔出来过吗？

我宁愿它留在那儿。对不起我要要赖了，我不准备还给你那把刀，我已经把自己的名字刻在刀柄上了。

而这些话，我也永远不会说给你听。

2

我就是那把刀。上帝给我命定的，就是握在人的手里，你的，他的，她的手。我从来都没法以自己握住自己。假如我能握住自己的命运，我将把我投入熔炉，我可以思维的柄，我的锐利的身体，我最锋利的刃。我不想再参与你们人类的事，不想再割伤、刺穿什么。我需要火，能熔掉我的火。

3

听到了，你提到了火。我无处不在的燃烧，可我对情绪无可奈何。你见过有一种火可以烧掉一个想法、一小杯愤怒、一大包情绪吗？这些无形的东西的携带者的尸身我可以烧掉，连一颗臼齿也不剩，可是很多年前的一个中午，有个还不能算是男人的少年靠在墙上，扬起下巴，看着一缕灰色的烟在空中消散。可你知道吗，它们并未真的消散，它们具有无孔不入的特性，它们只是消失在那个少年身体里了。

我现在能做的就是等，等着少年变成老人，老人变成尸体，火的优势是火可以等待，火有的是时间。需要的时候会有人把我点燃。然后我将炽热地拥抱他，再看看那缕灰色的烟，将进入谁的身体。我不得不悲哀地告诉你：能量守恒也包括情绪。自从普罗米修斯把我盗取到人间，我就明白了这一点。

瞧吧，明眼人，每个火葬场的上空都飘荡着情绪，它们伺伏着，寻找着崭新的容器寄居。

4

看看我亲手创造的男人们如今在做什么，他们饮酒如水，让酒精像啄食我肝脏的恶鹰那样啄食着他们的肝脏，仿佛他们那个玩意儿也能像我的肝脏一样再生，仿佛也会有个赫拉克勒斯来解救他们。我，已经从高加索的巉岩上下来了，可我的这些造物，却自行绑缚。而我带给他们的火，也因为仍然保有慈爱与悲悯而忧伤。

火的舌，火的臂膀，火的痛苦的扎挣，火的嘶喊。我在远古洪荒一瞬的头脑一热，世界原本的冰冷，混沌未开时的黑暗。怜悯，恻隐，使他们温暖的诱惑，窃喜，悲壮，悔意的奔涌，思维的反复碾轧——

我又在那柱巉岩上了，拯救神的神远去，恶鹰复活，它翅膀的凌厉，它锋利的喙，它永远享用不尽的美餐。

西西弗与我，巨石，肝脏，我与西西弗，两个虚弱的神。

5

待着你的吧，普罗米修斯。别打扰我，那块巨石就要到山顶了。

她

我从快克出来，那条小狗拦住我，仰着头看我。

"你又要喝酒吗？"

"天哪，你怎么会说话了呢——狗？"其实我不怎么吃惊，倒是因为不知她的名字，而只能叫她"狗"而愧疚，"能告诉我你的名字吗？好让我显得礼貌些。"

"狗就狗吧，没什么的，狗不像人那么多事，如果你不生气我就叫你'人'。"她转过身子，尾巴轻轻摇着，向前走去，"去长廊那儿坐坐吧，聊聊天，我就趴在你脚边，这样别的狗就认为你是我的主人，就不会追着咬我了。"

"好的。"我跟在她后面，我想她是女孩，我该抢先一步，为她推开那扇铁门，可她已经轻盈地钻过去，瘦小的身体轻轻一跃，就进入了那片绿色。但她很快就转过身来，等我，望着我，眼神与平日似乎并无差别，可我还是感到了不同，至少，至少是有些不同寻常的湿润。

只要下楼，我就与她对视。渐渐她不再躲闪我的注视，亦回望我。

第一次看到她的时候，我就判定了：这是个狗族中的怯生生的小姑娘，她翘起反射出一片光斑的小黑鼻子远远地嗅我，眼睛让我想起我少年时想象中的妹妹，我一直想有个妹妹的，母亲也如我一样想，子宫却已干涸。说真的，我想弥补她的遗憾，并且真的给她抱回过一个女孩，是个褓褓中的婴儿。我发现她的时候她就躺在荷塘边一小片干燥的堤岸上，夏日疯长的荷叶为她支起了伞。晨起跑步，我发现了她。她没哭，新墨点成的眼睛不停转动，证明她还活着，小嘴巴翕动，只发出细不可闻的、类似小螃蟹吐泡泡的声音。我把她抱回了家，一路上我垂头看她，就好像我的目光是柔软的、温暖的、有治疗作用的，能使其不死。不长的路上，我觉得她随时可能会死。

母亲像个医生那样检视了婴儿。其实父亲才是医生，可他离这儿有一千公里那么远。

那个小身体的背面，小屁股靠上，沿着脊柱，有一条梭形的、暗红色的凸起，我在一旁能看到有东西在那层半透明的薄膜下跳动。后来我学了医，知道了，那叫"先天性脊柱裂"，脊髓与脊膜膨出。及时送医的话，能活，残疾人的活。

母亲叹了口气，把她抱走了。我问，她不理我。我拦，拦不住她。后来我又问过，她说她把那个婴儿送到了孤儿院。"别想了，她会活得比在咱家还好。"可我猜她撒谎了，她多半是把她放在了某个地方，一个也许连荷塘都不如的、没有小伞的地方。我难过了些日子，不跟母亲说话，可我后来还是原谅了她，我想起在她抱她走之前，喂了她一点儿奶粉冲的牛奶。

"你不会是那个小女孩吧，"我对她说。她卧在我脚边，从我的角度可以看到她睫毛的颤动。"就是我刚讲的那个，很多年前我在荷塘边发现的——"

"你疯了吗？"她的尾巴横着甩了下，像手的一挥，否定我，"你还真的相信有转世投胎？"

"可是，可是你怎么能说人话呢？"

"看到那个挖掘机了吗？就是地铁工地上那个，像个特别特别大的、脊背能碰到天的大黄狗。"

我当然看到了，这大半年我都快被它发出的声音弄得神经衰弱了。想必，它也吵到她了，狗的听觉那么灵敏，噪音给她造成的痛苦至少大我五十倍吧。我为人类制造的这种玩意儿羞愧，深觉对不起她。

"不，我不讨厌那个'大黄狗'，我能说人话，我想就是因为它发出的声音、制造的响动把我的灵魂，撼得松动了。"

"嗯，很可能。"我认为她说的不无道理。灵魂该是沉睡的蛰伏的，世间的某一种动静说不定就能让灵魂探出头来。那年的某个晚上，我在北川的废墟边上抽烟枯坐，我的身体发起了一阵剧烈的咳嗽，废墟的罅隙中，就有些灵魂苏醒过来，他们管我要烟抽，我就把那半条中南海打开，点燃了。

"我是在昨天发现自己会说人话的，太阳的光把树影斜斜地投在墙上的时候，我发现自己开始自言自语，也就是在那一刻，我记起了你。你不怎么下楼，可你每次下楼都会看我，四下无人的时候，你还会冲我微笑，你让我觉得亲切。"

"是的，我也是。你长着一双小女孩的眼睛。像我在青海，藏族的地方遇到的，脏兮兮的藏族小女孩的眼神。你站在玛尼堆边，夕阳抚摸着你高原红的小脸蛋，你的眼睛亮晶晶的——对不起，我不是说你脏，我意思是——"

"没什么啊，你不必总是道歉。我的确很脏，不过这也是一个流浪狗本该有的样子对吧。"

"那，你能记得你以前的主人吗？他住哪儿？"我动了想把她送回去的心思。

"不记得。我的记忆并不像你们那么深远。而且，我能嗅到你的善意，但你别替我决定自己的归宿好吗？"

"好的。"我又忍不住跟她说对不起了。我知道我这种想法是有些问题。

"我没想求你什么。"她沉默了会儿，不远处，一条体型硕大的金毛向这边踱来，她警惕地支起前肢，耳朵也竖起来。"没事的，我说。那个金毛不会咬你的，就是想咬你我也会帮你赶走他。"我弹了弹我的小腿。

她挪动了细弱的足，靠近了些。"我就是想跟人说说话，随便聊点什么，既然会说人话了就得去说点什么，你说对吧。我耽误你的时间了吗？你们人，能活多少年呢？"

"跟狗，也差不多吧。谁知道呢？生死的事？"我想摩挲她的脊背了，可我忍住，没探出手去，"不耽误，我几乎可说是无所事事了，随时可以陪你聊天，我还可以邀请你到我家里去——坐坐。"

"不了。就这里吧，这儿挺好的。"金毛走远了，她安静下来，结成绺的毛发垂伏，"你手里拿的是酒吧，我知道酒，我见过喝醉的人，他们喜欢踢我一脚，或者，冲我学我们的叫声。我不知道这是为什么。"

我脸有点发烧。"我也，喝醉过。还好，我没伤害过你们，冲你们学狗叫的事做过，真不好意思，我也不知道我那么做是为什么。"

"你们人挺奇怪的。"

"嗯。是挺奇怪的。有时候还很坏，特别坏。"

"坏，也就是做坏事，比如，踢我们一脚的那种事，做这种事，会让你们高兴吗？就像我们找到一块人没啃干净的骨头那样？"

"唉，怎么说呢？可能是吧，确实是有些人做坏事的时候心里会高兴的。可我真的说不清楚。总之——"

"什么？"

"对心怀叵测的人保持距离。"我把王小波的话说给她听，她歪了头，思考。"躲着点那些坏人，喝醉了的人，东看西看的人，保护好自己。"我补充道。

她沉默了。过了一小会儿，她的头蹭了蹭我的腿。我终于抚摸了她。

"你还在想那个差点成为你妹妹的婴儿吗？"

"不怎么想了。是你让我重新想起她来的。"

"嗯。那，你觉得我是你妹妹就是吧。如果这样能让你好受点。"

"真好。谢谢你。那我就——"

"再下楼的时候，给我带点吃的吧，你吃剩下的就行。"她说，并起身，似是准备要走了，回到那个蓝白简易房的廊檐下，"我会再陪你说话的。"

"不过，"她说，"别让别的人知道好吗？"

"好的。"我说。"一定。"

鼠小僧与猫

　　世间有只剃度了的老鼠，你可以叫他鼠小僧。但他与日本江户时代的那个传奇怪盗毫无关系。在种群上，他是一只不折不扣的老鼠，体型不大谓之"小"，遁入空门谓之"僧"。

　　人类做出出家修行、从此青灯古佛的决定，通常是因某人、某件事伤了心，再高级些的，会说是自己看破了红尘，至于究竟看没看破，如人饮水，冷暖自知。你知道的，人类嘛。

　　而鼠小僧之所以成为鼠小僧，只有一只猫知道原因。他也是后来才知道的，猫的认知源起于一次杀戮。

　　猫是一只正值壮年的猫，因此他食鼠无数。那个秋天的某个寻常的日子，在寺庙后一条杂草丛生的小径边，猫匿于枯草中，抬抬眼皮，便能看到被黄叶簇拥着的寺庙的金顶。彼时最后一声晨钟已敲过，在钟声的余韵中，一只身着浅灰色僧衣的老鼠缓缓踏上小径，前爪里捻着念珠，细不可辨的鼠须在晨曦中闪着虔诚的光。猫虎伏，在一个最适合的时间，一跃而起。不过是一次寻常的捕猎。

若干年后，当猫取出一把烧成熔岩色的厨刀，正待淬火之时，在那片灼热的光亮中看到了鼠小僧的脸，他仍然走在小径上，那张丑而狭小的脸上，猫看到了持久的困惑与间歇的悲苦。

厨刀掉在地上，险些灼伤了猫的脚。而猫仿佛懵然无知，似有一则咒语定住了他。猫就这样呆立，直到炉火中只剩余烬，寒意趁机袭进。猫打了个激灵，钻入衾被，极力睡去。在梦中，鼠小僧再次现身，不发一语，只是伸出细小的灰色的指，指指猫，再指指自己额上的戒疤，便隐去。猫悚然而醒。从此鼠小僧夜夜皆至，举动如常，依旧一语不发。

猫再也无心打铁，看起来似乎也无意出门，只是在冰冷的铁匠铺中往来蹀躞，在一壁悬挂的铁器中寻找最合适的、可以迅捷地把自己杀死的一件。猫不想被人视为自杀，因此他选择了一把农人尚未取走的钉耙。他重新打磨了钉耙的尖，锯断了柄，以适应自己的身高。在构想中，猫将以后足踏上"无意中"摆成杠杆原理的柄，钉耙迅疾弹起，尖端钉入猫的头颅，一劳永逸。

这种死法人们会说，"这是一只粗心的猫"，而非"这是一只古怪的、寻死的猫"。猫对自己的设想很是满意，并决定在翌日黄昏时分实施。那时倦鸟归林，农人自田垄返家吃饭，顽童应和着母亲的呼喊，家犬亦安静低伏，静待主人恩赐的残羹，无人干扰一只猫的死。

而翌日黄昏，鼠小僧现身，并非出现于猫的梦境中，而是以一小团灰白色雾状影子的形态悬浮在猫的头顶。猫仰头望着鼠小僧，觉得自己不用自杀了，现在的他已与死猫无异。却又不如不再有生命的猫，死猫多半不会有巨大的、无形的沉重压着。

"我已经决意要死，以此身偿你，还要怎样？"猫听到了自己的绝望。

"死有用吗？你以为。"鼠小僧说，"此番我来，是清扫你的愧疚的，猫捕鼠，造物的设置，并非你的罪，何况，那日我知你伺伏草中，而我在那里经过，就是一心求死的。以你之肚肠，埋葬我的肉身，以及——"

"以及什么？"

"我的牢狱。"鼠小僧再次如梦中那样伸出灰色小指，指着自己雾状的形体，"肉身即牢狱，我参禅礼佛，虔诚到超过所有僧众甚至方丈，可我依然无法解脱，这'牢狱'时时绑缚着我，思维的痛苦如针，那种无休无止的刺痛仿佛来自阿鼻地狱，寒气入髓，犹如万千小虫的啮咬。自我现身你梦中，想必你已尝到那种滋味了，但，你的痛苦又怎及我之万一。于是我想到了你——"

"那么现在呢？你葬身我腹，解脱了吗？"

"唉。"鼠小僧的叹息飘下，落在猫的鼻尖上，轻柔，

却阴冷。"何谈解脱。痛苦的确消解了,恐惧还在,无名
的,说不清的恐惧。活着时,我哪知鼠族也有灵魂,而灵
魂的煎熬,更百倍于肉身之痛,且因为有了不死之身,那
种煎熬便更没有尽头了。我求助阿难,阿难不语,求助佛
陀,佛陀微笑,我求诸四方,并无一尊神赐我一个明晰的
答案与终极解决之道,所以,你步我后尘,又有何益。"

猫垂下了头。钉耙的尖端闪着幽幽的光。鼠小僧亦不
复言。

许久,猫蹲伏,积攒腿部的力量,蓦地跃起,吞掉了
那团灰白的影子。

此时夜幕四合,猫对着虚无的黑暗说:

"世上哪有什么关得住众生的牢狱,佛祖舍身饲虎,
焉知那虎不是祂自己。罪非牢狱,知罪才是禁锢了自我。
明白了吗?"

自此猫弃了那堂冷却的炉火,四方行走,饥食渴饮,
撞见老鼠便捕上一只果腹,无忧亦无怖,百无禁忌。后不
知所终。

某个房东敲门收水电费,屡敲不开就用私留的备用钥
匙打开门。租客死了,就在床边的地上。租客是个寡言的
中年男人,平日也未见什么亲人和访客。职业亦不详。

房东大着胆子看了,租客躺在一块塑料布上,塑料
布大得可以容纳租客乘以三。塑料布呈矩形,四个边缘都
被卷了起来,形成沟渠似的垄。"垄"的连接处以透明胶

带紧密地封着，不规则的血流淌到"垄"边便就此停滞不前。血已发黑。

租客穿戴整齐平躺于上，两手贴在腿侧，更像是在笔直地站立，而不是躺。

警察来了，拍照、取证、移尸。然后是调查以及配合调查。之后不再有房东的事，他终于获准再次进入并有余裕收拾房间。实际上不用收拾，那块塑料已被警察卷走。地板上干干净净，床上干干净净，一切都干干净净。房东甚至都不必干些什么，假如他有心情，最多只需给那盆摆在窗台上的绿萝浇浇水，然后就可以再次出租。

房子没能再租出去。房东似乎并不在乎。

房东变得有些神神叨叨，他跟朋友喝酒的时候总是在重复一样的话。他说：

"死就死吧，还他妈整那么干净，一点儿麻烦都不给别人添，操他妈的，我宁可那个人把我屋里弄得到处都是血。"

……

假的，我编的。我躺在租来的房子里胡思乱想，虚构了租客、房东和那块塑料布。

我想假如我要是死的话，得死得讨厌一些。

这才是真正的不给别人添麻烦。

震后①

　　当巨石静止之后很久，山谷里还回响着闷雷似的余音。受惊的鸟雀扑啦啦飞起，在空中盘绕，好寻个安全的所在定定心神。这些扁毛畜生中最胆怯的一个被吓出了屎，落在副驾驶一侧的前挡风上，"啪"的一声，留下一片类似弹孔的痕迹。

　　司机老杨如被击中一般，身子猛地向后靠，又被座椅弹回。"操！"脸色煞白的老杨骂了句街，僵硬的身体蠕动起来，推开了车门。

　　"妈呀，武哥，我还以为，咱们都死了呢。"

　　"赵锐，瞧你把我手掐的，还大老爷们儿呢，胆这么小——"

　　我身后的肖薇和赵锐苏醒过来。倒后镜里，肖薇把粉白的手杵到赵锐的鼻子底下。赵锐捉住她的手，鼓着腮帮

---

① 本文源自王丫米的讲述，文中的"我"是位编导，姓武，丫米的朋友，活的。其余人等均为虚构。在此感谢丫米。——作者注

子夸张地吹,肖薇在他手上打了一记,缩回胳膊,气哼哼地交叉双手夹在腋下。

"行了,甭闹了,"我打开车门,"下车吧。"

脚刚挨着地,余震就来了。我扒住车门才没摔倒,但是头晕了一晕。那滋味就像你踩在一块布上,有使坏的人拽住,猛地一扯一样。碎石叽里咕噜地滚下,弹跳着,散弹般射向各处。我猫下身子,躲在车门后。赵锐刚开了个门缝,就遭遇"点射",见势不妙,"咣"地关上车门。乱石噼里啪啦地各安其位之后,我们又躲过了一劫。

老杨却没那么幸运,他向惊魂未定的我们走来,嘴里骂骂咧咧,一只手捂着腮帮子,血从他指缝渗出。

一块尖利的碎石在他下巴上割了一道口子,不算大,但血流如注。我帮老杨摁住伤口上端,血稍止住,肖薇用湿纸巾蘸去血,拿创可贴帮他粘上。"真他妈倒霉。"老杨嘟囔着。

此时才看到那块横亘在山路上的落石,像史前巨兽般静卧。

路被它堵死了,车是没法过去了,但在靠近山体的一侧有道一米来宽的缝隙,人是可以通过的。回头一看,老杨的途胜后边已排了有六七辆,他正跟几个下车查看的司机比比画画地讲着。赵锐和肖薇站在远离山体的一侧,各自托着相机拍照。

对面,是一座残缺的山,小半个山体已经脱落,露出赭红色的岩层断面，宛如一刀巨大的新鲜伤口。

"回北京第一件事我就得去潭柘寺烧香，"老杨跟他的听众说，"真你妈悬，瞧，我这车头离那块大石头也就十来公分，这要不是佛祖保佑——"

我进车里拎出包背上，喊赵锐和肖薇过来："扛上机器，腿儿着走吧。"

"啊？"肖薇的眼睁得比嘴还大。"那，车怎么办？"赵锐收起相机，问。

"车是一时半会儿过不去了，要不你把石头端山底下去？"

"我呀，我给她端下去还差不多。"肖薇身后，赵锐抬脚虚端。

"我去跟老杨说，咱们先走着，等部队的来了，肯定得想辙。路通了，再跟老杨会合。"

"行吧，我去扛机器。"赵锐钻进车。"你干脆跟着老杨跟这儿等等吧，姑娘家家的脚嫩，别再给你磨出血泡来。"我对肖薇说。

"我不，我跟你俩一起走。"说完肖薇开车门去拿包。

我向老杨走过去，拍了拍他的肩膀，打断了他那可以理解的、大难不死之后近乎病态的谈兴。跟他说了我的想法，老杨当然只有同意。"老武，"老杨唯一的疑问是，"小肖也跟你们一块儿走？那姑娘受得了吗？要不让她跟我留这儿？"

"她不，她说要跟我俩一块儿，腿儿着走。"老杨要去劝，我阻止了他，我说肖薇毕竟是记者，采访是她的任务，记者当然得负点儿辛苦。"放心吧，我们会照顾她的，累了就歇，又不是去救死扶伤。"

我们上路了。

沿途景色极美，山林青翠，滑坡而下的落石阻不住涧底的溪水流淌。空气携带着草木的气息，吸进肺里有微微的凉意。山谷中不时飘出一声鸟鸣，衬得愈加幽静。假如不是山坳中那些东倒西歪的残破房屋，根本就不像是刚刚遭了大灾的地方。

赵锐扛着机器，嘴里也不闲着，跟肖薇云山雾罩地聊。女孩的笑声在我身后升起，在山谷中回荡。那声音极其悦耳，能驱散世间一切愁苦。

在一个叫覃家坪的村子，我们歇了脚。赵锐卸下肩上的机器，晃着膀子，央告肖薇帮他揉，女孩就扯起他胳膊，按住另一边肩膀，押解犯人般，嘻嘻笑着帮他揉。几个村民坐在路边的一株黄桷树下，见怪不怪地望着我们。我走过去，逐个递烟，逐一点上。一个豁牙的老头漏着风问我，我支棱着耳朵，却听不懂大山里的川音。他身边一个三十几岁的汉子操着一口"川普"为我翻译："他是问你，这是啥子烟。"

只是再普通不过的中南海点八。老者咿咿呀呀地继续说着。汉子同声传译，老头说他没抽过这烟，遭了灾之后连烟都没得抽了。前几天倒是有个戴眼镜的胖子领着人来

过:"那个胖子笑人得很,穿个汗衫,上头写的'收药',
下面是一串手机号。我开始以为他是来收药材的,我们这
里倒是出产川芎、杜仲、川牛膝,现在都糟喽,地震把药
园都埋完喽。结果一问,他不是收药的,是志愿者,来赈
灾的。"汉子说,胖子和他几个同伴卸下了一车大米就走
了。后来又回来过一趟,送的是食用油和方便面什么的,
"连女子用的卫生巾都送来喽,却有的人送烟酒。"

这时我心里一动,转身正要招呼,见赵锐已经拍上了。

回到歇脚处,肖薇正闭着眼听歌。我打开包,拽出一
条中南海,拿去送给那个豁牙的老者。

"幺叔,我给你做翻译做了好久,分一包给我撒。"

"莫要抢,你娃儿——"

拍差不多了,我递支烟给赵锐:"肖薇你歇够了没,
不累的话抽完烟咱就出发。"肖薇皱着眉说她不嫌累嫌呛,
起身跑开了。

"武哥,你看,采上了。"

女孩蹲在地上,仰头跟老者和他的村人们聊着。她清
亮的笑和他们浑浊的笑声混杂一处,搅动了空寂的山林。
竹林中起了风,笑声被吹得渺远,时断时续。

"我们这里才死了陆个人,没得啥子的。"路上,肖薇
学着村人的口音,"四川人民可真是乐观。"

"你刚到,没瞧见成都人啥样吧,帐篷里打麻将呢
还。"赵锐说。

"袍哥人家，绝不拉稀摆带。"我说。

"袍哥是什么?"肖薇问。"就是老辈子四川的黑社会，'岂曰无衣，与子同袍'听说过吧——"赵锐替我回答了。

两人你一言我一语地聊。我在前面走。我的鼻子里，是前几天在北川时的尸臭。耳朵里，是此起彼伏的哭声。

山路起伏的幅度渐渐增大，拐过一处急促的弯道，眼前出现一片山坳，坳底如小型盆地，散落着震后破碎的民居。"这儿可以拍拍。"我说。

自我们站立之处向下望，是一条人踩出的羊肠小径，三五个人正在向上攀爬，吭哧有声。肖薇好奇怎么人能发出那种声音，"那是小猪，"我指着山下，"你看那人背后，背篓里八成是猪。"那人离我们很近了，肖薇看到了背篓里的两头小猪，雀跃起来。赵锐嘴里"切"了声，表示对肖薇没见过世面的不屑，向背猪的人伸出手去。"来，我拽你上来。"那人愣了愣，随即憨憨地笑，握住赵锐的手。

那人把背篓卸下，手掌在衣服上抹了一把，才接过赵锐递来的烟。"赵锐你看哪，粉嘟嘟的，可爱死了。"肖薇蹲下欣赏小猪，小猪哼哼唧唧的，回应着肖薇对它们的赞美。

赵锐和猪的主人攀谈。"牛砸死了，母猪也死喽，只剩下这两头小的。"赵锐安慰着："人没事就行啊。这两头小猪就是火种啊，明年就是整整一窝猪，后年就是两窝，大后年就是……子子孙孙无穷匮也。"背猪人憨笑着频频点头。

又有两人上来，招呼着，那人谢了赵锐的烟，背起背篓，随同伴走了。肖薇依依不舍地小跑着追了几步，用麦兜的语调跟小猪道别。三人的身影被山峦隐没，依稀还能听到小猪哼哼唧唧的叫声。

此时又上来一人，女人，挑着扁担。小径湿滑，碎石很多，这陡坡登着有些危险，她几乎滑倒。我扔了包，跳下去，从女人肩上托起担子。她抬起头，斗笠下一张脸绯红，汗把头发打湿了，粘在额上和鬓边。她冲我笑笑，手足并用地向上爬，再抬头，就看到赵锐伸过来的手。见她上去了，我挑上扁担，脚下踏实之后，往上走。女人俯下身子要接我，赵锐拦住："您甭管，我们武哥特种兵出身，你要帮他那就是瞧不起他。"

"瞎扯吧你就。"站稳后我没停步，走到一处阴凉，才卸下扁担，有点儿分量。女人和赵锐也凑过来，女人红着脸连连道谢，川音的"谢谢"拖着"啊"的尾音，分外好听。道完谢要走，被赵锐拦住了："歇会儿吧大姐，你看都大中午了，一块儿吃点儿东西。"女人摆手摇头，汗珠从小巧的鼻尖上甩下来。"嘟个好意思嘛——"肖薇摘了耳机跳过来，亲昵地挽住女人的胳膊："来嘛大姐，一起吃，然后咱们搭伴走。"一副自来熟的样子。女人却之不过，搁下扁担。肖薇拧开脉动塞到女人手里："喝吧，水蜜桃味儿的，我最爱。"赵锐从包里拿出卤食面包榨菜，铺了报纸摊开，招呼女人吃。

"嘟个好意思嘛，帮了我的忙，还吃你们的东西……"

"客气啥呀大姐，我们还有求于你呢。"赵锐说。

"求我啥子？"女人露出惊讶的表情，两条纤细如淡烟的眉毛弯起。脸上，汗水蒸出的红晕尚未完全褪去。

"我们要去平武采访，拍片子，您瞧我们没走错路吧。"

"对头对头，就是这条路。不过——走着去有点远哦。"

"山上滚下个大石头，把路堵死了。我们也不能干等着呀，走几步算几步吧。"

女人摘了斗笠，当扇子扇着，寒暄着，眼波流转，灵动非常。看上去顶多三十岁。三个年轻人很快就混熟了。我啃着面包，端详着女人的扁担，整根毛竹劈开做的，像是熏过的烟黄色，想必是摩挲久了，表面光滑如玉。两个竹筐鼓鼓囊囊，盖着碎蓝花布，瞧不出里头是什么东西。

"您家里人没事吧，大姐。"肖薇愣头愣脑地问。

女人笑了，那笑容竟有些孩子似的调皮。"一个都没死。"她说她母亲信佛，2000年时曾去峨眉山烧香，"万年寺、报国寺，还有啥子伏虎寺，八大寺庙，全部磕了头烧了香，额头都磕出了包包，我妈说普贤菩萨给她托了梦，说就是因为看她虔诚，才保佑了我们家一个都没死。"

"真灵啊。"

"是撒，灵得很。"

女人们清澈的笑声唤醒了沉睡的蝉，鸣叫声在山间激荡，激起了远处的狗吠。

肖薇把食余垃圾收进塑料袋，扎紧，塞进包里。赵锐扛起机器，女人婉拒了我，抢过扁担，一行四人继续上路。女人和肖薇并肩走着，赵锐紧随其后。

女人的一条胳膊有节奏地摆动，肘部的小涡时隐时现。

"你们是哪个电视台的？成都？四川？"

肖薇回答了她。女人蓦地顿住脚步："咋个，你们和王小丫是一个单位？"

"是啊是啊。"肖薇答道。

"那你认得到撒贝宁不嘛？"

"当然啦，同事嘛。"

"羡慕惨喽，我最喜欢撒贝宁，《今日说法》我天天看，张绍刚我不喜欢，撒贝宁主持得比他好。"

"主要是帅对吧。哈，那我得替你告诉小撒，有个四川美女喜欢你，他——"

"莫乱说，我算啥子美女？你才是。对喽，你还没跟我说你主持的是啥子节目。"

"我呀，我不主持，我是外景记者，就是——"

我赶上赵锐，低声问他是不是开着机。赵锐左手抬起，做了个"OK"的动作。

女人和肖薇说着话，脚下不停，纤细却饱满的腰肢摆着，扁担悦耳的吱呀声仿佛出自她躯体的扭动。

总算说到正题了。"还没问你呢大姐，您这是去哪儿啊？"肖薇问。

"什邡。"

"去什邡卖东西吗？"

"不是，我男人在那里打工。地震过后，我打他电话，打了好多遍也打不通，在家头坐不住喽，就去找他。"

"哦，这样啊。没事没事，您家先生肯定安全，不会有事的，您妈妈不是都拜了佛给你们祈祷了吗？"

"嗯，肯定冇的事。反正我就是晓得他还活着，肯定——先生……你们北京人是这个样子喊男人嗦，很好听。"

"是啊，你们怎么说呢？"

"我们叫老公，有时候也叫'耙耳朵'，就是，就是怕老婆的意思。"

"好玩哈哈。"肖薇回过身，两手捏住耳朵往下扯，"赵锐，你结了婚肯定也是个'耙耳朵'。"

"切。"

"大姐，你篮子里装的是什么呀，看着挺重的。"

"腊肉腊肠，还有我自己酿的米酒。他特别喜欢我酿的米酒。哎呦，对不住哦，刚才也没拿出来给你们尝尝，我不是小气，是怕你们嫌——"

"没事，可别这么说，您就是让我们吃我们也舍不得吃啊，这一路挑着多辛苦啊，留着给你家'耙耳朵'大哥吃，多好。"肖薇顿了顿，又说，"哎，他可真幸福，您对他可真好。"

"也不是，将心比心嘛，他对我好我当然要对他好撒。"

"跟我说说吧，他怎么对你好来着。"

"不好说，反正……反正，就是对我很好。假比说哈，他特别会说笑，老是逗我，逗得我肚皮都笑痛啰——"

肖薇停住脚，回头："瞧瞧，赵锐，幽默感对男人来说有多重要，你得跟人家学学了，要不将来你媳妇还不活活闷死。"

这回赵锐没吭声。

女人也驻了足，扭头冲赵锐笑，却猛然僵住："你……你一直在拍我？"

赵锐还没来得及反应，肖薇就说："是啊，大姐，您要上电视了，到时候没准是撒贝宁亲自播呢！"

女人汗津津、红扑扑的脸变了颜色，似有云朵在皮肤下不停掠过。

女人卸下扁担，经过赵锐，走向我。

"大哥，你肯定是领导。可不可以求你一件事？"

"我不是……什么事，您尽管说。"她突然显现出的既严肃又说不清楚的表情让我有点儿手足无措。

"可不可以别播我，还有，我说的话。"

"可以，倒是可以。不过，能问问为什么吗？"

"因为……他老婆会看到。"女人垂下了头。

我答应了她，并做到了。

真人

　　他接了电话并答应付费，"你还好吗？"我说。这是我们最后一通电话。

　　在信中他拒绝了，电话是介于通信与会面之间的交流方式——真好，多亏了那个叫贝尔的家伙，这也许是他一辈子做过的唯一的好事——在某种我说不清的阈中，刚好达到令一个一贯不大坚决的人（至少不像他自己想象的那样坚决）虽说不情愿，却又碍于情面不好拒绝的阈值——

　　作家答应来探监。最后一次，我和他有五分钟的独处时间。

　　此前我已排练无数遍，在狄克①的呼噜和肮脏的梦话中，提炼出以中等语速在四分钟内说完的话，极具煽动力。为了夯实它，抛出问题之后还有个短暂的、时长大约

――――――――――――

① 狄克——佩里·史密斯的同伙。两人同日被处以绞刑。

七八秒的沉默，这很重要，就像你抛出一个飞盘后飞盘的飞行，之后才是狗的跳跃与那精准的一叼——在这一静谧的间歇里，我静候那些被我精心设计的语气、音调匀速搅拌的文字渗入他的海马回——

对一个作家来说，这一小段沉默我相信足够。

自信源于近六年来我对他的观察。这个娘娘腔并不快乐。虽说我从来没有读过他哪怕一行字，可我在交谈中已经阅读了他的全部著作。

剥开一个恋世者的壳，一具厌世者的粉嫩肉体清晰可见。

依照惯例，他倚在我的监床栏杆上，一条胳膊扬起，微微地晃，那只红润短粗的小胖手活像一朵傻透了的花。另一只手的拇指勾在他的西装扣子上。我对这只手的熟悉程度已经超过了我自己的手，每次我盯着它出神之时，能听到打字机时断时续的声响。

"这是你我之间最后一次交谈了，明天你还会见到我，在那个上吊派对上——"我开口了，按照此前无懈可击的"彩排"，渐次接近那个短暂的间歇。然而始料未及的是，在那个最最重要的时段来临之前（甚至都尚未抛出问题的全貌），他就重重点了头，并收回了那只在空中傻乎乎开放的手，将之贴在侧面裤线上，另一只我无比熟悉的手则继续悬吊在第一枚西装扣子上。

这一组合动作定格成的姿态传递出的只能是坚决，不，是决绝。

"开始吧。你说服我了。"他直视着我说。

我没想到占用那一小段间歇期的是我——没错我惊呆了，我需要一点时间接受它消化它，并用剩余的时间来镇压狂喜。

因此我们有差不多三分钟的时间来置换灵魂，何其宽裕。确切地说，即我的灵魂进入他的躯壳，他的进入我的。至于如何置换，并不重要，你大可以认定那种程序不过是两个人面对面干呕，灵魂自咽喉溢出，在空中移形换位，之后各自择新容器而居。

比如好莱坞烂俗恐怖片的桥段那样。

……

警棍在铁栅上敲响。牢门打开，我走出监狱。妮欧①的车停在大门的对面。我微笑着走向她，接过她递来的烟，贪婪地吸，并与她寒暄。我倚在打开的车门上，扬起一条胳膊，那只红润短粗的小胖手在半空中摇曳，活像一朵傻透了的花。

一个月后，书稿完成并迅速出版。书名是《冷血》。

_____

① "妮欧"是美国作家哈珀·李的昵称，最著名的作品就是《杀死一只反舌鸟》（国内译名是《杀死一只知更鸟》），卡波特的"发小"兼挚友。于卡波特监狱采访期间任"采访助理兼私人保镖"（卡波特语）。

卖出三百万册，赚得盆满钵满。

写它的人是我，佩里·史密斯①。没有人比我更清楚书里（当然也是现实里）发生的事。

署名是楚门·卡波特②，当然是他。一个多月前，他颈骨尽断，死在堪萨斯州的绞架上，以佩里·史密斯之名。

那日我受邀"观礼"，在不远处以楚门·卡波特的身份出席了"绞刑派对"。

这之后这个叫卡波特的作家再也没写出像样的作品，未竟之书的题记是：

"更令人悲伤的不是未应验的祈祷，而是应验的。"③

我的灵魂在他的躯壳里寄居到它五十九岁，最终死于酗酒和用药过量。那是 1984 年，乔治·奥威尔的年份。

① 佩里·史密斯——1959 年堪萨斯灭门案的制造者，身背四条人命。楚门·卡波特的采访对象，《冷血》的"主角"。1965 年 4 月 14 日被处以绞刑。
② 楚门·卡波特（1924 年 9 月 30 日—1984 年 8 月 25 日），美国作家，著有《蒂凡尼的早餐》《别的声音，别的房间》《冷血》等。曾受雇于《纽约客》。
③ 题记的原文："More tears are shed over answered prayers than unanswered ones."——Truman Capote。

跋

除了人我现在什么都想冒充[①]

马尔克斯有一位擅讲睡前故事的外婆，这位不知名的老人是他的第一位文学导师。然后才是卡夫卡、鲁尔福、海明威与福克纳……我曾经开过一个玩笑：对于有志于文学写作的青年人而言，有一个会讲故事的姥姥很重要。

此处的"姥姥"，未必就是指一位具体的老人，"她"的本质是"传统"，古老却不朽的文学传统。

我的确有这样一位姥姥，她曾经作为一个温暖而柔软的肉体在人世存在，而今她老人家已过世多年，墓木早拱。然而作为对我曾施加影响的"传统"，她还活在世上，在我的记忆中活灵活现。至今我还能轻易地从芜杂的记忆中辨析出她的声音、腔调和讲故事时的神态，我还可以随时召唤她皮肤的温度，以此在心寒难耐时取暖。当某个故事需要她卖个关子时，老人狡狯而调皮的眼波流动在我的

---

① 标题来自王小妮的诗《一块布的背叛》。——作者注

记忆中依然鲜活无比。作为外孙，我以回忆来缅怀她。当我拥有足够的写作能力之时，她在我的小说中复活，虚构的姥姥与真实存在过的姥姥一样慈爱而真实，以这种方式，我可以轻而易举地变回孩童之身，随时随地钻进她的怀里，抱她，亲吻她，听她讲那些我至今还能记得的故事。

姥姥的故事是一切农村老太太的故事，不外乎鬼魂精怪。那时故事里的鬼魅就隐伏在窗外，随时会探出尖利的爪子破窗而入。她发觉了我在她怀里的颤抖，就不再讲，哄我睡觉，可我不干，尽管我的鼻尖已经感觉到了鬼魂阴冷的呼吸，可我还是缠着姥姥讲下去。再后来，大些了，识字了，姥姥却失明了。我就捧一本《白话聊斋》读给她听，姥姥听得饶有兴趣，几个故事读罢，老人松开盘坐的腿，两只小巧的足尖少女般踢动，她不无得意地跟我说："这不跟姥姥给你讲的差不多嘛——"

我因此而更爱她，从来不觉得这是对蒲松龄先生的贬低。两位不同年代的老人是有共通之处的，茶棚下的蒲松龄与我的外婆，同属文学传统的薪火相传者，皆可亲敬。

郭沫若曾为蒲松龄故居题楹联一副："写鬼写妖高人一等，刺贪刺虐入木三分。"《聊斋志异》的确高人一等，它的高人一等即对人性的描摹呈现超乎他作。鲁迅先生也说，"明末志怪群书，大抵简略，又多荒诞，诞而不情。《聊斋志异》独于详尽之处，示以平常，使花妖鬼魅，多具人情，和易可亲，忘为异类"——为什么"和易可亲、忘为异类"？当然是"多具人情"，当然是因为蒲松龄为其笔下的花妖狐魅注入的人性。有人每每提到文学性，那么何谓文学性？我的看法是，文学性即人性，即便二者不能完全等同，至少也可以说，流溢出真实人性的文字，就是具有文学性的作品。反推之，比如有人写人，读者读到最后一个字，也嗅不到丝毫人味儿，文学性就被他丢到姥姥家了。另有人写鬼写兽写花写草，却依然可撼动人心，这个本事，西方的杰克·伦敦与西顿、麦尔维尔和福克纳也是有的，他们笔下的狗狼鲸熊，在其毛皮之上，同样泛着人性之光。于这一层面之上，放之世界文学范畴，假如总是捧出四大名著晾晒，堪与今人以四大发明壮阳媲丑、媲鄙陋与狭隘，骨子里漫溢出的虚弱感实无不同。

能与西人比一比且不落下风的，《聊斋志异》是一个，《唐传奇》算半个。在世界短篇小说殿堂中，聊斋的成色并不输于其他作品。其世界声誉稍弱的原因，我想你可以从我的幼时读物《白话聊斋》中找到，那种蠢笨浅薄的现代汉语完全湮灭了蒲氏文言的美感，灵性与灵动毁之殆尽，堕落为货真价实的"失魂落魄"之作。少女婴宁的"我不惯与生人睡"变成白话文之后无邪娇憨之感尽失；《罗刹海市》里美丑媸妍的荒谬反差，被胡乱翻译之后荒诞感几乎不见；陶生醉酒幻化为菊，在白话文中根本就无法读出那种轮回寂灭的怅惘。所以啊，假如你热爱聊斋，就去读它的原文。假如你古文不够好，就让它够好，好到足以读出原文的妙处。别无他途。

而我最近在做的，并非将聊斋重译，那不是我的兴趣所在。该算是多年的一个不死心吧，犹如见猎心喜的猎人，如果不能将之变成自己的囊中物，难免心有不甘。对我来说，《聊斋志异》就如同一座储量丰富的小说之矿，不开采一番并化为己有实在说不过去。古人也说，遇宝山不可空手而归。重述聊斋——这是我认为的，向蒲留仙老先生致敬的最佳方式。这种事写《故事新编》的鲁迅干过，写《东方故事集》的尤瑟纳尔干过，芥川龙之介也干过。而据我阅读所得，卡尔维诺的《祖先三部曲》，也丝丝缕缕发轫于意大利童话（卡尔维诺亲自整理有上下两部《意大利童话集》）。既然先贤做过，我也斗胆试上一试。本书中有一篇《乌鸦》，就是据《席方平》而做。假如您读过原著，你会发现二者的不同——我已"狂妄"地将之重述得面目全非……

在蒲松龄的《席方平》中，阴间终究是有指望的，二郎真君最终以正义之神的角色为席氏父子伸了冤。而在我的"席方平"中，冥界没有任何指望可言，那里没有时间与空间的概念，单调的颜色与呆滞的几何体是我认为的无望之地的标志，凡此种种，皆是我内心投射，已与原作无关。我的席方平最后所遭受的酷刑，反而是无损躯体，也绝无疼痛地活着。

世上每一块无望之地，肉身的存活在我看来都是顶级的酷刑。近期体会尤深。

此后我还会写更多的篇目，我会变身为花妖树魅灵狐怨鬼，竭力勾勒"心中之鬼"。驱使我这么做的另一个缘由是：当你年齿渐增，当你阅世日久，当绝望不断打扮成希望，将更多更重的生而为人的屈辱与刺痛注入你的血脉与髓腔之时，会有一朵善恶杂交的花在你心里滋生，而此时我正在做的，就是拼力超越道德伦常善恶生死，心如止水地端坐在花之前，来一次不动声色的写生。

譬如一个勇气不足的厌世者，他之所以还苟活于世，原因或许只是基于这样一个念头：

"除了人我现在什么都想冒充"——虚构写作无疑是"冒充"他者，冒充世间万物、所有生灵的唯一可取的方式。因此不管上帝给我的寿命还余几载，我想我都赚到了。

图书在版编目（CIP）数据

厌作人间语 / 阿丁 著. -- 北京：作家出版社，2017. 11
ISBN 978-7-5063-8747-7

Ⅰ．①厌… Ⅱ．①阿… Ⅲ．①短篇小说-小说集-中国-当代 Ⅳ．①I247. 7

中国版本图书馆CIP数据核字（2016）第039407号

厌作人间语

作　　　者：阿　丁
责任编辑：赵　超
装帧设计：周伟伟
出版发行：作家出版社
社　　　址：北京农展馆南里10号　　邮　　编：100125
电话传真：86-10-65930756（出版发行部）
　　　　　　86-10-65004079（总编室）
　　　　　　86-10-65015116（邮购部）
E-mail:zuojia@zuojia.net.cn
http://www.haozuojia.com（作家在线）
印　　　刷：北京中科印刷有限公司
成品尺寸：130×185
字　　　数：140千
印　　　张：7. 625
版　　　次：2017年11月第1版
印　　　次：2017年11月第1次印刷
ISBN 978-7-5063-8747-7
定　　　价：35. 00元